Gabriele Kuhnke

# Die Acht vom großen Fluß

## Die geheimnisvolle Felsenhöhle

SCHNEIDER BUCH

# Die Acht vom großen Fluß

**Sabine,** 12, schulterlanges, dunkles Haar, als einzige nicht blond; spitze, schmale Nase; dicke Ponyfrisur. Wittert dauernd spannende Fälle. Sehr pfiffig.

**Bastian,** 12, hat kurzes blondes Stoppelhaar und sehr abstehende Ohren. Ist der Anführer der Jungen. Intelligent. Manchmal muffelig.

**Susanne** (Su), 8, Sabines jüngere Schwester, die immer mitwill. Hat dünne, widerspenstige, rotblonde Zöpfe, ist lustig, lacht und weint viel, hat Sommersprossen. Su ist eine Nervensäge, aber lieb.

**Kater Bandit** wurde irgendwann von Sabine halb ertrunken gefunden und adoptiert. Die Familie liebt ihn. Bandit ist pechschwarz mit weißen Pfoten. Hat nur ein Auge. Hofft, irgendwann Hamster Husch zu erwischen. Geht meistens mit den Kindern mit. Ist ein ganz besonderer Kater.

**Florian** (Flo), 10, hat ganz dicke blonde Locken (um die ihn die Mädchen beneiden). Flo ist klein und dünn, ein bißchen ängstlich. Liest leidenschaftlich gern.

**Heike,** 12, und **Heiko,** 11, Geschwister, haben beide ganz kurz geschnittenes blondes Haar.
Heiko weiß immer alles, Heike ist sehr tierliebend und weichherzig. Hilfsbereit sind beide. Die Geschwister besitzen zusammen eine kleine Segeljolle, da sie auf einer Insel wohnen.

**Goldhamster Husch** ist Heikes Liebling. Er sitzt meistens unter ihrem Pullover und ist immer dabei. Sein Fell ist besonders seidig. Ein großer Nüssehamsterer. Kommt auf Heikes Pfiff. Fürchtet Kater Bandit wie den Teufel, da er dessen Absichten kennt.

# Inhalt

# Eine tolle Nachricht

Ich starre trübsinnig aus dem Giebelfenster meines Zimmers. So eine Gemeinheit! Ausgerechnet am ersten Ferientag regnet es in Strömen.

Vor dem Deich wälzt der breite Fluß seine schmutzigen grauen Fluten dem Meer zu. Der Bananensand – das ist eine Insel mitten in der Elbe, die so heißt, weil sie die Form einer Banane hat – verbirgt sich hinter einem dichten Regenschleier. Ich kann kaum das Reetdach des großen Bauernhofes erkennen, in dem meine Freundin Heike mit ihrem Liebling, dem Goldhamster Husch, mit ihren Eltern, ihrem Bruder Heiko, zwanzig Kühen, einigen Schafen und Hühnern und dem Schäferhund Wotan wohnt. Was Heike jetzt wohl macht? Bestimmt hockt sie auch in ihrem Zimmer, spielt mit Goldhamster Husch und ärgert sich über das schlechte Wetter.

Mißmutig blicke ich zum grauen Himmel auf. Leider sieht es nicht so aus, als ob es heute noch besser werden würde. Die Regentropfen prasseln laut gegen die Fensterscheibe. Unser Reetdach sieht ganz dunkel aus vor Nässe.

Im kleinen Hafen von Diekhusen ist ebenfalls nichts los. Einsam und verlassen schaukeln die Boote am Anlegesteg. Nicht einmal der alte Kuddel, dem doch sonst Wind und Regen nichts ausmachen, ist heute mit seinem Boot unterwegs.

Ich seufze laut. Vierzehn Tage Herbstferien – und so ein Mistwetter! Das sind ja trübe Aussichten.

Plötzlich wird die Tür meines Zimmers ungestüm aufgerissen, und meine kleine Schwester Susanne platzt mit ihrer Babypuppe, die sie auf den komischen Namen Gerapita getauft hat, herein.

„Was willst du?" frage ich unwirsch. Ich mag es nämlich nicht, wenn sie so aus heiterem Himmel in mein Zimmer stürzt, ohne vorher anzuklopfen.

„Sabine, ich habe solche Langeweile. Spielst du mit mir Mensch-ärgere-dich-nicht? Erwartungsvoll blickt sie mich an. Ich hebe abwehrend beide Hände. Mit Su Mensch-ärgere-dich-nicht spielen, das hält nur jemand mit starken Nerven aus, und die habe ich heute nicht. Su regt sich nämlich immer fürchterlich auf, wenn ihre Spielfiguren hinausgeworfen werden, so daß das Spiel meistens damit endet, daß sie alles durcheinanderfegt und wütend wegläuft. Sie kann einfach nicht verlieren, ohne sich zu ärgern.

„Dann eben nicht", sagt Su schnippisch und setzt eine beleidigte Miene auf. „Kommst du wenigstens mit zum Ausguck?"

„Bei dem Regen?" Ich stöhne und zeige zum Fenster. „Ohne mich."

„Es regnet schon den ganzen Tag Bindfäden", sagt Su und seufzt.

„Wieso Bindfäden?" frage ich verdutzt.

„Der Regen sieht doch genauso aus", erklärt meine kleine Schwester mit nachdenklichem Gesicht. „Wie lauter lange, dünne Fäden, die vom Himmel fallen."

Ich muß zugeben, daß sie mit ihrem Vergleich gar nicht so unrecht hat.

„Leider regnet es nur Fäden. Mir wären Lollis lieber." Su kichert glucksend über ihren Einfall.

Ich muß ebenfalls laut lachen, als ich mir bildlich vorstelle, wie lauter Lollis vom Himmel fallen. „Das wäre ja wie im Schlaraffenland."

„Sieh mal, Sabine", unterbricht Su meine Gedanken, „Bandit schleicht auf dem Deich herum."

Neugierig presse ich meine Stirn gegen die Fensterscheibe. Tatsächlich, mein pechschwarzer Kater mit den weißen Pfoten und nur einem Auge, der nichts so haßt wie Wasser, steigt vorsichtig den Deich hinauf. Er hebt seine Pfoten dabei ganz hoch und schüttelt sie unwillig, wenn sie mit dem nassen Gras in Berührung kommen.

Ich klopfe an die Scheibe. Bandit bleibt überrascht stehen, hebt den Kopf und miaut freudig, als er mich hinter dem Fenster entdeckt. Mit Riesensätzen springt er den Deich hinunter und verschwindet in unserem Garten.

„Er will ins Haus, er ist ja pitschnaß!" rufe ich mitleidig und renne die Treppe hinunter, um ihn hereinzulassen.

Bandit kratzt bereits ungeduldig an der Haustür. Als ich öffne, schüttelt er sich unwillig, drängt sich rasch an mir vorbei in den warmen Flur und beginnt sogleich sein nasses Fell trocken zu lecken.

„Wo hast du dich nur wieder herumgetrieben, Bandit?" frage ich kopfschüttelnd.

Bandit blinzelt mich mit seinem gesunden Auge kurz an und leckt dann ausgiebig weiter, mit einer Schnelligkeit, als hinge sein Leben davon ab.

Ich will gerade die Haustür schließen, als unser Kombiwagen

in die Auffahrt einbiegt. Mein Vater kommt von seinem Dienst auf dem Zollkreuzer zurück. Er steigt aus dem Auto, springt rasch über die Pfützen zur Haustür und schüttelt sich genauso wie Bandit eben.

„Puh, ist das ein Wetter!“ stöhnt Papa und zieht seine nasse Jacke aus. „Jetzt freue ich mich auf eine Tasse heißen Kaffee. Wo ist Mama?“

„Mama ist zu Büntjes gegangen, um frischen Bienenstich zu kaufen.“ Ich blicke auf meine Armbanduhr. „Eigentlich ist sie schon recht lange fort. Sie muß jeden Augenblick zurückkommen.“

„Na“, meint mein Vater ahnungsvoll, „wenn Uta in den Laden gegangen ist, kommt sie so schnell nicht wieder zum Vorschein. Frau Büntje läßt sie nicht eher fort, bis sie ihr sämtliche Neuigkeiten aus Diekhusen erzählt hat.“

Da hat Papa recht. Obwohl nur neun Häuser zu unserem Dorf gehören, scheint es Frau Büntje an Gesprächsstoff nie zu mangeln. Sie weiß nicht nur alle Neuigkeiten aus Diekhusen, sondern auch alles, was in den umliegenden Bauernhöfen passiert ist.

„Frau Büntje ist eine lebende Tageszeitung“, ulkt Papa manchmal, wenn meine Mutter gar nicht mehr aus dem Laden kommt.

Weil ich sowieso nichts zu tun habe, folge ich meinem Vater in die Küche und sehe zu, wie er Wasser in die Kaffeemaschine füllt.

„Wie war 's denn heute auf der Elbe?“ erkundige ich mich gespannt. „Habt ihr Schmuggler gefangen?“

„Nein. Aber wir haben eine rund ein Komma acht Seemeilen lange und fünfzig bis hundert Meter breite Ölspur in der Elbmündung entdeckt.“

„So eine Gemeinheit!“ Ich bin empört. „Nur weil so ein kurzsichtiger Kapitän Geld sparen will, läßt er das Altöl seines Schiffes einfach ins Meer laufen.“

„Das Schlimme daran ist, daß nicht weit von der Stelle der Nationalpark Wattenmeer beginnt. Einige Fischer haben berichtet, daß die Wattkante durch das Öl bereits in Mitleidenschaft gezogen worden ist."

Ich balle die Fäuste. Über solche verantwortungslosen Umweltsünder kann ich mich immer furchtbar aufregen. Ob die gar nicht daran denken, welchen Schaden sie damit allein bei den Seevögeln anrichten, die durch die Ölpest zugrunde gehen? Ein Glück, daß mein Vater und seine Crew auf dem Zollkreuzer immer ein wachsames Auge haben. Aber sie können natürlich mit ihrem Schiff nicht an allen Stellen zugleich sein.

„Habt ihr die Übeltäter wenigstens geschnappt?" erkundige ich mich eifrig.

„Leider nicht. Inzwischen hat die Wasserschutzpolizei die Ermittlungen aufgenommen. Aber die werden natürlich durch den dichten Nebel erschwert."

„Hoffentlich werden die Umweltsünder gefaßt!"

„Das hoffe ich auch. Wie wär's Sabine, deckst du schon mal den Tisch? Der Kaffee ist gleich fertig."

Ich öffne die Schranktür und hole zwei Tassen und Untertassen heraus.

„Was habt ihr denn am ersten Ferientag unternommen?" erkundigt sich mein Vater.

„Gar nichts", sage ich mißmutig. „Endlich sind die Herbstferien da, und was ist? Es gießt in Strömen! Das werden öde Ferien", füge ich düster hinzu. „Es ist zum Ausrasten."

„Ihr armen Kinder", spottet mein Vater. „Wenn das so ist, muß ich schnell Abhilfe schaffen." Er zwinkert mir zu. „Ich habe eine gute Nachricht für euch, Sabine."

Erwartungsvoll blicke ich Papa an. Für gute Nachrichten bin ich immer zu haben.

„Was denn?" frage ich gespannt.

„Ihr könnt morgen früh mit der *HAMBURG* in See stechen!"

„Wirklich?" Jetzt lasse ich beinahe vor Überraschung die Zukkerdose fallen. Im letzten Moment kann ich sie geistesgegenwärtig auffangen. Sie bleibt zum Glück heil, nur der Zucker liegt auf dem Boden.

Wir warten schon so lange darauf, daß wir mit der *HAMBURG*, dem neuen Zollkreuzer, auf Seestreife fahren dürfen, daß wir kaum noch daran glauben. Weil wir vor einigen Wochen die *GLÜCKSTADT*, das alte Zollschiff, auf dem mein Vater Kapitän ist, gerettet haben, wurde uns als Belohnung eine Fahrt nach Helgoland versprochen.

„Ja." Mein Vater nickt. „Wie du weißt, Sabine, liegt die *HAMBURG* in Cuxhaven. Meine Männer und ich übernehmen morgen das Schiff. Wir sind zwei Tage unterwegs. Jetzt in den Herbstferien versäumt ihr wenigstens nichts in der Schule, und wenn wir die Fahrt noch länger hinausschieben, wird es zu kalt werden. Morgen ist ja bereits der erste Oktober."

„Super, Papa!" Ich fliege meinem Vater an den Hals. „Das muß ich sofort den anderen sagen! Die werden Augen machen."

Ich könnte glatt von der Erde abheben, so sehr freue ich mich über diese Nachricht. Endlich passiert mal etwas! Dieser Tag, der so langweilig begonnen hat, endet also doch nicht so öde.

Ich stürze die Treppe hinauf und in mein Zimmer, reiße die Schranktür weit auf, falle auf die Knie nieder und wühle ein knallrotes Tischtuch hinter meinen Sweatshirts hervor. Mißtrauisch blicke ich mich um. Aber meine Furcht ist unbegründet. Su hat mein Zimmer inzwischen verlassen. Es ist ihr wohl zu langweilig geworden. Ich atme erleichtert auf. Sie darf nämlich unseren Geheimcode nicht erfahren. Das ist ausschließlich Heikes und mein Geheimnis.

Das rote Tischtuch bewahre ich für den Notfall immer in meinem Schrank auf. Meine Mutter hat es sowieso nie benutzt, weil sie die Farbe viel zu schreiend fand. Ich glaube, sie hat das Tuch inzwischen ganz vergessen.

*Ich könnte glatt von der Erde abheben,*
*so freue ich mich.*

Ich öffne das Fenster und schwenke das rote Tischtuch hastig hin und her. Es stört mich nicht, daß mir der Regen dabei ins Gesicht klatscht und auf den Teppichboden pladdert.

Falls Heike sich in ihrem Zimmer aufhält und dabei ab und zu aus dem Fenster schaut, muß sie das leuchtend rote Tuch einfach bemerken. In dem Fall wird gleich das Telefon läuten, denn das rote Zeichen bedeutet in unserer Geheimsprache: Alarmstufe eins! Sofort anrufen!

Ich lausche gespannt. Wirklich klingelt plötzlich das Telefon. Hastig ziehe ich das Tuch ins Zimmer zurück, knalle das Fenster zu und stürze zur Treppe.

„Das ist für mich." Ich schiebe Su beiseite, die bereits vor mir an der Treppe ist, um als erste am Apparat zu sein.

„Hier ist Sabine Rehder", keuche ich atemlos in den Hörer.

„Sabine, was ist passiert?" höre ich Heikes aufgeregte Stimme. „Warum hast du Alarmstufe eins signalisiert?"

„Heike, wir müssen uns sofort auf dem Ausguck treffen. Wichtige Neuigkeiten. Könnt ihr kommen?"

„Ich glaube schon. Aber Heiko wird kaum begeistert sein, wenn er bei dem Schmuddelwetter mit der Jolle nach Diekhusen hinüberfahren soll."

„Es ist äußerst wichtig. Große Superüberraschung."

„Große Überraschung? Heike pfeift erregt. „Dann kommen wir natürlich sofort."

„Okay, bis später. Flo und Bastian müssen auch noch benachrichtigt werden."

Ich knalle den Hörer auf die Gabel und blicke Su an, die auf dem Treppenabsatz hockt, an ihren Zopfenden dreht und neugierig die Ohren spitzt.

„Was ist los, Sabine?" fragt sie gespannt. „Vorhin war dir's noch so langweilig."

„In wenigen Minuten kann sich viel ändern!" Ich grinse gutgelaunt und streiche meine nassen Ponyfransen aus der Stirn. „Su, lauf rasch zu Flo hinüber und sag ihm, daß wir uns sofort auf dem Ausguck treffen müssen."

Su macht ihre großen, erstaunten Kulleraugen. „Am Ausguck, bei dem Regen?" fragt sie überrascht. „Vorhin hattest du doch keine Lust, zum Ausguck zu gehen."

„Jetzt habe ich eben meine Meinung geändert."

„Was ist denn los? Irgendwas muß doch passiert sein."

Meine kleine Schwester kann es vor Neugierde kaum noch aushalten. Aber es macht mir Spaß, sie etwas zappeln zu lassen.

„Das erfährst du alles auf dem Ausguck. Los, beeil dich, es ist wichtig!"

„Na, wenigstens passiert mal wieder was." Su springt auf. „Sabine", bettelt sie, „kannst du mir nicht schon ein bißchen was verraten?"

Ich schüttele den Kopf.

Aber Su gibt nicht so schnell auf. „Nicht ein klitzekleines bißchen?"

„Nein", sage ich streng. „Du erfährst alles auf dem Ausguck. Also, zieh ab, und vergiß dein Abzeichen nicht."

Su zieht zwar einen Flunsch, aber sie läuft folgsam mit mir nach oben, um ihr Abzeichen zu holen. Unser Abzeichen besteht aus einem viereckigen blauen Stück Stoff, auf das Heike mit viel Mühe eine gelbe Acht gestickt hat. Die blaue Farbe soll den großen Fluß versinnbildlichen, und die Acht, das sind natürlich wir: mein Vetter Bastian, Heike und Heiko, Flo, Su und ich und – nicht zu vergessen! – Kater Bandit und Hamster Husch.

Ich stecke das Abzeichen mit einer Sicherheitsnadel an mein Sweatshirt, denn ohne Abzeichen darf niemand den Ausguck betreten.

Als Su und ich unsere gelben Gummistiefel anziehen und in die Regenjacken schlüpfen, kommt Mama gerade vom Einkaufen zurück. Sie schüttelt die Regentropfen von ihrem Schirm.

„Wo wollt ihr beide denn hin, bei dem Wetter?" fragt sie entgeistert, als sie uns in unseren Regenjacken sieht.



2 4046-8

„Wir haben eine wichtige Besprechung, Mama", erklärt Su mit geheimnisvoller Miene.

„Jetzt draußen herumzulaufen ist unvernünftig. Ihr holt euch nur einen Schnupfen. Eure Besprechung könnt ihr doch auch hier im Haus abhalten."

Ich schüttele heftig den Kopf. Wenn wir etwas Wichtiges zu bereden haben, treffen wir uns immer auf dem Ausguck. Dort kann uns garantiert keiner stören oder belauschen, weil niemand von den Erwachsenen etwas von unserem geheimen Treffpunkt weiß.

„Das geht nicht, Mama!" erklärt Su energisch.

„Und wer soll den ganzen Bienenstich essen?" Meine Mutter deutet auf ihren Einkaufskorb, aus dem herrlicher Kuchenduft steigt.

Su und ich zögern unwillkürlich. Ein leckeres Stück Bienenstich wäre nicht zu verachten. Da fällt mir eine rettende Lösung ein.

„Kann ich für jeden von uns ein Stück mitnehmen, Mama?"

„So viel Zeit, um mit Papa und mir Kaffee zu trinken, werdet ihr doch wohl noch haben", empört sich Mama. Aber als sie sieht, daß wir wie auf heißen Kohlen stehen, lenkt sie seufzend ein: „Gut, wenn es unbedingt sein muß."

Sie packt die verlockend duftenden Kuchenstücke in Folie ein und legt sie sorgfältig in eine Plastiktüte.

Inzwischen suche ich Opas alten, schwarzen Regenschirm. Das Tolle daran ist, daß er riesige Ausmaße hat und beinahe so groß ist wie ein Sonnenschirm.

„Bandit, willst du mitkommen?"

Mein Kater hört auf, sich zu lecken, und blickt mich so vorwurfsvoll an, als wollte er sagen: Noch mal in den Regen? Nein, danke, ohne mich.

„Dann eben nicht." Ich nehme die Plastiktüte mit den Kuchen unter den rechten Arm, Opas Schirm unter den linken und knalle die Haustür hinter Su und mir zu.

# Treffpunkt: Ausguck

Auf der Straße ist niemand zu sehen. Nur eine leuchtendgelbe Kugel rast über den Gehweg in Richtung Haus Nr. 1. Das ist meine kleine Schwester in ihrer zitronengelben, vom Wind aufgeblähten Regenjacke. Sie will Florian, der von uns Flo genannt wird, Bescheid sagen.

Ich laufe zu unserem Nachbarhaus, dem letzten Haus von Diekhusen. Nicht ein einziges Auto steht auf dem Parkplatz. Das Café im ersten Stock ist leer; kein Wunder bei dem Nieselregen. Wer verspürt da schon Lust, einen Ausflug an die Elbe zu machen? Außerdem ist heute Montag, und in der Woche haben nur die Rentner Zeit zum Spazierengehen, und selbst die sind zu Hause geblieben.

Ich renne über die Auffahrt und klopfe an Bastians Fenster. Sein Zimmer liegt zu ebener Erde. Mein Vetter findet das äußerst praktisch. Er kann zu allen Nachtzeiten das Haus verlassen, indem er einfach aus dem Fenster steigt, ohne daß seine Eltern etwas merken.

Bastian legt das Flugzeugmodell beiseite, an dem er gerade herumbastelt, und öffnet das Fenster. Seine kurzen Stoppelhaare stehen wie die Stacheln eines Igels in die Höhe, und seine abstehenden Ohren sind vor Eifer gerötet.

„Was willst du denn bei dem Sauwetter, Sabine?“ fragt er nicht gerade höflich. Er ist unwillig, weil ich ihn beim Basteln störe.

„Wichtige Neuigkeiten. Treffpunkt: Ausguck. Zeit: sofort!“ platze ich heraus, drehe mich auf dem Absatz um und renne davon.

„Halt, warte mal, Sabine!“ schreit Bastian hinter mir her. „Ich baue gerade die Tragflächen von dem Airbus zusammen und habe jetzt keine Zeit. Ist was passiert?"

Ich tue so, als ob ich ihn nicht höre, und laufe durch die Lücke im Deich zum Hafen. Bastian wird jetzt zwar wütend herumschimpfen, aber schließlich wird er doch zum Ausguck kommen, weil er viel zu gespannt ist, was ich Neues zu berichten habe.

Die Wellen des Flusses haben heute die gleiche graue Farbe wie der Himmel. Der einzige helle Fleck ist ein weißes Boot, das drüben an der Insel ablegt und herübertuckert. Ich ziehe meine Kapuze tiefer ins Gesicht und schlendere bis zum Molenende.

Die weiße Segeljolle mit dem blauen Dollbord und dem langen, glänzenden Mast aus Aluminium nähert sich schnell. Ich kann bereits den Namen *HAI* lesen, der mit blauer Farbe zu beiden Seiten des Bugs aufgemalt ist.

Heike und Heiko winken mir zu, als sie in den kleinen Hafen fahren. Sie stecken ebenfalls in gelben Öljacken und gelben Gummistiefeln. Die Geschwister sehen sich so ähnlich, daß sie immer für Zwillinge gehalten werden, obwohl Heike schon zwölf ist, also ein Jahr älter als ihr Bruder.

„Was ist los?" fragt Heiko neugierig, als er den Außenbordmotor abgestellt hat. „Es muß ja was Tolles passiert sein, wenn du uns bei dem Hundewetter aus dem trockenen Bau lockst."

„Ist es auch", sage ich geheimnisvoll. „Warum segelt ihr nicht?"

„Bei der Flaute?" ruft Heike entgeistert. „Dann würden wir ja nie in Diekhusen ankommen."

Sie wirft mir ein Tau zu, das ich rasch um den Poller lege, und klettert geschwind die eisernen Krampen an der Hafenmauer hinauf.

„Wenn es weiter so gießt, müssen wir nachher erst mal Wasser schöpfen", brummt Heiko mißmutig.

Bevor er Heike folgt, tritt er ärgerlich gegen die Konservendose, die für diese Zwecke im Boot liegt.

Wir stapfen durch den nassen Sand zum Schilf hinüber. Weil jetzt die Flut aufläuft, ist der schmale Pfad, der hindurchführt, überschwemmt. Aber das macht uns nichts aus. Wir haben ja Gummistiefel an.

Ich klappe Opas großen Regenschirm, den ich schützend über uns gehalten habe, zusammen, damit er nicht an den Schilfhalmen hängenbleibt. Hintereinander patschen wir den schmalen Pfad entlang, während die hohen Halme raschelnd über unseren Köpfen zusammenschlagen.

Plötzlich endet der Schilfwald wie abgeschnitten, und vor uns erhebt sich eine alte, knorrige Weide. Von ihren Blättern tropft es auf uns hinunter.

Heiko blickt seufzend in die Höhe. „Wir müssen wohl doch noch ein Dach für den Ausguck bauen."

Platsch, da fällt ihm ein dicker Tropfen genau in den geöffneten Mund. Er klappt seinen Mund verdutzt zu, klettert am nassen Stamm zur Plattform hinauf und wirft uns die Strickleiter hinunter.

Brrr, gemütlich ist es hier oben wirklich nicht. Das einzige, was trocken ist, sind Block und Kugelschreiber in dem zugeschraubten Gurkenglas auf dem Regal. Wir ziehen unsere Regenjacken möglichst weit über den Po und lassen uns vorsichtig auf der äußersten Kante des Brettes nieder, das uns als Sitzbank dient. Ich spanne den Regenschirm auf und hänge ihn über uns in die Zweige.

„Jetzt haben wir ja ein Dach", meine ich vergnügt.

„Hm ja", brummt Heiko und tröstet sich mit einer Kaugummikugel. „Besser als gar nichts."

Heike zieht den Reißverschluß ihrer Jacke ein Stück auf und fühlt nach, ob ihr Goldhamster auch noch warm und trocken unter dem Pullover sitzt.

„Husch hat's gut", mault Heiko. „Hamster müßte man sein."

„Möchtest du auch ein wenig gestreichelt werden, Heiko?" fragt Heike zuckersüß und legt ihren Arm um seine Schulter.

„Laß den Quatsch", knurrt Heiko ärgerlich und schüttelt den Arm seiner Schwester unwillig ab.

„Dann beklag dich auch nicht." Heike grinst.

Plötzlich entsteht Bewegung im Schilf. Die Halme schlagen rauschend gegeneinander. Sekunden später bricht mein Vetter Bastian wie ein Stier aus dem Schilfwald hervor. Er greift nach der herabhängenden Strickleiter und hangelt sich zu unserem luftigen Ausguck empor.

Eine Weile später tauchen Sus rotblonde Zöpfe und Flos blonder Lockenkopf aus dem Schilf auf.

„Hallo!" rufen sie außer Atem und quetschen sich neben uns auf das schmale Sitzbrett.

Jetzt hocken wir dicht gedrängt unter dem Regenschirm, wie die Küken unter der Glucke.

„Ihr hattet aber eine lange Leitung." Vorwurfsvoll blicke ich Su und Flo an.

„Meine Mutter wollte mich erst gar nicht weglassen", entschuldigt sich Flo. „Sie hat gesagt, bei dem Regen draußen herumzulaufen sei doch unvernünftig."

„Mütter sind doch alle gleich", meint Heike. „Unserer war es auch nicht recht, daß wir mit der Jolle nach Diekhusen fahren wollten."

„Ihr habt es nur meinen Überredungskünsten zu verdanken, daß Flo überhaupt mitkommen durfte", erklärt Su stolz.

Wir grinsen, denn wir wissen, daß Su ganz schön nerven kann, wenn sie sich einmal etwas in den Kopf gesetzt hat.

„Hast du Husch mitgebracht, Heike?" erkundigt sich Flo.

Als Heike nickt, wühlt er aus den Taschen seiner Jeans ein paar Sonnenblumenkerne hervor und hält sie an Heikes Jackenausschnitt.

Nicht lange, so erscheinen ein paar lange Barthaare und ein kleines, rosa Näschen, das neugierig hin und her schnuppert. Dann kommen zwei runde, schwarze Knopfäuglein zum Vorschein. Schließlich schlüpft der Goldhamster aus Heikes Jakkenausschnitt, ergreift mit seinen Pfötchen die Sonnenblumenkerne und stopft sie geschwind in seine Backentaschen.

Flo streichelt rasch über das weiche, goldbraune Fell, bevor der Hamster wieder unter Heikes wärmende Jacke zurückhuscht. Er hat den kleinen Kerl genauso in sein Herz geschlossen wie Heike.

„Was hast du denn in der Plastiktüte, Sabine?" erkundigt er sich neugierig.

Ich erinnere mich an den Bienenstich und verteile die Kuchenstücke an die Freunde.

„Hm, lecker!" Flo fährt sich erfreut mit der Zungenspitze über die Lippen.

Heiko ist natürlich als erster mit seinem Kuchenstück fertig. Er wischt die Hände an seiner Jeans ab.

„Wenn die ganzen Ferien über so ein Mistwetter ist, flippe ich aus", stöhnt er. „Dann können wir nicht mal eine Segeltour machen."

„Na, schlimmer als jetzt kann es nicht mehr werden", meint Bastian spöttisch.

„Das ist aber nur ein schwacher Trost." Heike kichert. Sie ist die einzige, die trotz des Schmuddelwetters gut gelaunt ist.

„Ich kann nur hoffen, daß es morgen besser wird", sage ich. Und dann füge ich mit erhobener Stimme hinzu: „Zwei Tage auf See bei solchem Nieselregen macht keine Laune."

Die Freunde blicken mich erstaunt an.

„Wieso auf See, Sabine?"

„Was meinst du damit?"

„Willst du etwa wegfahren?"

„Nun spuck's schon aus!" ruft Heiko ungeduldig. „Du hältst doch mit was hinterm Berg. Umsonst hast du uns bestimmt nicht hierherbestellt."

„Ja." Ich nicke. „Ihr habt richtig gehört."

Ich setze eine feierliche Miene auf und verkünde würdevoll: „Wir stechen morgen früh in See."

*„Wir stechen morgen in See!“*

„Wir? Hast du *wir* gesagt?“ Heiko rollt vor Aufregung seinen Kaugummi wild im Mund herum.

„Klar.“

„Ach, Sabine meint doch nur, daß wir eine Fahrt mit der *HAI* machen sollen“, brummt Bastian enttäuscht. „Deshalb brauchst du uns doch nicht durch den Regen hierher zu hetzen. Das hättest du auch am Telefon sagen können.“

„Nicht mit der *HAI!* “ rufe ich. „Die Jolle ist doch gar nicht seetüchtig.“

Die Freunde blicken mich verständnislos an.

„Ein anderes Boot haben wir ja nicht“, knurrt Heiko.

„Doch!“ verkünde ich strahlend. „Wir fahren morgen früh mit dem alten Zollschiff, der *GLÜCKSTADT,* nach Cuxhaven. Dort steigen wir auf den neuen Zollkreuzer, die *HAMBURG*, um und nehmen Kurs auf Helgoland.“

Ich blicke die Freunde gespannt an. Na, jetzt müssen sie doch endlich aufwachen! Zuerst einmal bleibt allen die Spucke weg, so überrascht sind sie. Einige Sekunden lang sehen sie mich sprachlos an. Dann reißen sie jubelnd die Arme hoch.

„Toll!“

„Super!“

„Ich glaub’, ich heb’ gleich ab.“

Sie stampfen begeistert mit den Füßen auf die Plattform, bis die alte Weide zu schaukeln anfängt und Bastian erschrocken warnt: „Mensch, trampelt nicht so rum, sonst bricht die Plattform zusammen.“

Das bringt alle wieder zur Besinnung.

„Sabine, was müssen wir denn alles mitnehmen?“ fragt Su aufgeregt.

„Na, für alle Fälle Taschenlampen“, meint Bastian. „Man weiß ja nie.“

„Und Kaugummi!“ ruft Heiko. „An Bord gibt’s so was bestimmt nicht.“

„Das wäre weiter auch nicht tragisch“, lästert Heike. „Dann

könnten sich deine Kaumuskeln endlich mal erholen."

„Bücher muß ich mitnehmen", überlegt Flo laut. Er ist so eine große Leseratte, daß er sich zwei Tage ohne Bücher gar nicht vorstellen kann.

„Quatsch", weist Su ihn zurecht. „Bücher brauchst du auf dem Schiff nicht."

„Was soll ich denn den ganzen Tag ohne Bücher machen?" fragt Flo empört.

„Du kannst Seekarten lesen", meint Heiko. „Davon gibt es jede Menge an Bord."

Flo zieht die Stirn kraus und blickt ihn zweifelnd an. „Steht da denn viel drauf?"

„Na klar", versichert Heiko ernsthaft.

„Bevor ich es vergesse", melde ich mich zu Wort, „ihr müßt eure Schlafsäcke mitnehmen."

„Okay, und was nehmen wir zum Anziehen mit?" fragt Heike.

„Wenn es weiter so wie aus Eimern schüttet, brauchen wir nur Regenzeug." Bastian streicht sich entmutigt über seine nassen Stoppelhaare.

„Es wird schön werden. Es *muß* einfach schön werden!" rufe ich und blicke hoffnungsvoll zum Himmel auf. Aber der bleibt verhangen wie zuvor. Nicht mal der kleinste Sonnenstrahl will sich sehen lassen.

„Auf See ist das Wetter sowieso immer besser", tröstet Heiko.

„Was machen wir denn mit Husch und Bandit?" fragt Su plötzlich. „Kommen die auch mit?"

„Na klar!" rufe ich sofort. „Sie gehören doch zu uns, den Acht vom großen Fluß."

„Husch ist kein Problem", meint Heike nachdenklich. „Ich schmuggele ihn unter meinem Pullover an Bord. Aber wie willst du Bandit auf das Schiff bringen, Sabine, ohne daß es jemand merkt?"

„Hm", brumme ich unschlüssig.

„Soll ich Papa fragen, ob Bandit mitdarf?" bietet sich Su hilfsbereit an.

Ich schüttele den Kopf. „Das hat keinen Zweck. Papa würde nie erlauben, daß der Kater mit an Bord kommt. Am besten, wir fragen ihn erst gar nicht, sondern schmuggeln Bandit in der Reisetasche auf das Zollschiff."

„Und wenn es dem Kater an Bord nicht gefällt?" macht sich Flo Gedanken. „Vielleicht will er lieber zu Hause bleiben."

Ich muß zugeben, da ist was dran, was Flo sagt. Tief in meinem Innern weiß ich, daß er recht hat. Bandit mag nicht gerne auf einem Schiff sein. Aber ich verdränge die Gedanken rasch, denn ich will mich nicht zwei Tage von meinem Kater trennen.

„Auf der *HAI* ist er doch auch schon öfter mitgesegelt", beruhige ich mein Gewissen.

„Was ist, wenn Bandit in der Reisetasche miaut?" fragt Flo ängstlich

„Er darf eben nicht maunzen."

„Ich glaube kaum, daß dein Kater das kapiert, Sabine." Bastian verzieht spöttisch das Gesicht.

Ich werfe meinem Vetter einen wütenden Blick zu. Bastian traut Bandit nicht viel zu, obwohl uns der Kater schon öfter aus der Patsche geholfen hat.

Da kommt mir ein rettender Einfall: „Ich lege eine Menge Katzenkekse in die Reisetasche. Dann hat Bandit genug mit Fressen zu tun und maunzt garantiert nicht. Wehe, du verrätst Papa, daß wir den Kater mitnehmen wollen", warne ich meine kleine Schwester.

Sie verplappert sich nämlich immer leicht.

„Ich bin doch nicht blöd", gibt Su empört zurück. „Husch und Bandit müssen unbedingt mit, sonst erleben wir ja kein Abenteuer."

„Das brauchen wir auch nicht", wirft Flo schnell ein. „Ich finde, es ist schon abenteuerlich genug, daß wir mit dem Zollkreuzer nach Helgoland fahren dürfen."

„Das finde ich auch“, stimmt Heike ihm zu.

„Super“, freut sich Heiko, und sein rundes Gesicht strahlt. „Und ich habe schon befürchtet, das würden öde Herbstferien werden.“

Bastian blickt auf seine Armbanduhr und ruft erschrocken: „Fans, ich muß los! Ich habe meiner Mutter versprochen, pünktlich um vier zu Hause zu sein. Sie hat beim Arzt in Glückstadt einen Termin, und ich muß auf das Café aufpassen.“

„Heute ist im Café sowieso nichts los“, meint Flo. „Bei dem Nieselregen verirrt sich niemand nach Diekhusen.“

Wir blicken zu dem kleinen Hafen hinüber. Keine Menschenseele ist dort zu sehen. Außer einigen Schafen, die wie angewachsen am Deich stehen, hat sich alles in die Häuser verkrochen.

„Egal“, meint Bastian, „ich habe meiner Mutter versprochen, daß ich aufpasse. Ihr könnt ja mitkommen. Wir machen es uns im Café gemütlich und spielen Karten.“

Mit dem Vorschlag sind wir alle einverstanden. Hier noch lange im tropfenden Baum zu sitzen, bringt auch nichts. Ich klappe den schwarzen Großvaterschirm zusammen und werfe ihn hinunter in den Sand. Bastian zieht die Strickleiter hoch, hängt sie an eine Astgabel und springt als letzter vom Baum hinab. Jetzt ist unser Ausguck wieder gut getarnt. Niemand würde in der alten Weide ein Baumhaus vermuten.

Wir laufen im Gänsemarsch über den schmalen Pfad durch das nasse Schilf, patschen durch die Pfützen am Hafen und steigen den Deich hinauf. Von der Deichkrone führt ein Holzsteg direkt zum Café hinüber.

# Das Schmuggler-Trio

„Da bist du ja endlich, Bastian!“ ruft Tante Almut erleichtert, als wir ins Café stürmen. „Ich dachte schon, du hättest vergessen, daß ich zum Arzt muß.“

„Aber, Mama“, sagt Bastian mit beleidigter Stimme, „du weißt doch, daß du dich auf mich verlassen kannst.“

„Na ja, meistens schon“, muß Tante Almut zugeben.

„Aber was wollt ihr denn alle hier?“ Mißtrauisch betrachtet sie uns.

„Wir wollen Bastian Gesellschaft leisten, Tante Almut.“ Ich lächele liebenswürdig.

„Nun gut, aber macht keinen Unfug.“ Sie schlüpft in ihren Regenmantel und nimmt ihre Handtasche. „Bastian, ich hole Papa anschließend von der Werft ab. Vor sechs Uhr sind wir nicht zurück.“

„Okay.“ Bastian macht eine lässige Handbewegung. „Wir schmeißen den Laden hier schon, Mama. Du kannst dir ruhig Zeit lassen.“

„Viel zu tun habt ihr wohl nicht. Ich glaube kaum, daß sich bei dem Schmuddelwetter heute Gäste hierher verirren.“

Tante Almut wirft die Haustür hinter sich zu. Kurz darauf hören wir den Motor ihres Autos aufheulen.

Flo und Su durchsuchen Bastians Zimmer nach einem Spiel.

„Mensch, tretet bloß nicht auf meine Flugzeugteile“, zetert Bastian.

„Hast du kein Mensch-ärgere-dich-nicht?“ fragt Su.

Zum Glück hat Bastian das Spiel nicht. Ich atme erleichtert auf. Schließlich einigen wir uns auf „Scotland Yard“ . Wir steigen mit dem Spiel die Treppe zum Café hinauf und setzen uns an einen großen Tisch am Fenster.

Der Regen läuft unaufhörlich an der großen Scheibe hinab, pladdert auf den Steg und in Heikos und Heikes Segeljolle, die einsam an der Mole schaukelt. Ein großes Frachtschiff taucht schemenhaft hinter dem Bananensand auf und verschwindet stromabwärts wieder im Nebel. Sein Kielwasser bringt Aufruhr in den trägen Fluß. Die Wellen geraten in Bewegung, hüpfen über die Stacks, schlagen donnernd mit weißen Schaumkronen am Strand auf und verlaufen sich wieder. Als wenig später ein anderes Schiff im Fahrwasser vorüberfährt, wiederholt sich das Spiel.

„Wollt ihr 'ne Cola?" fragt Bastian großzügig.

„Immer her damit!" ruft Heiko erfreut.

„Dürfen wir uns denn so einfach eine Cola nehmen?" Flo sieht uns unsicher an.

„Ich bin ja jetzt der Wirt. Mama hat bestimmt nichts dagegen", meint Bastian unbekümmert.

Er verschwindet hinter dem Tresen, stellt sechs Colaflaschen auf ein Tablett und legt sechs Strohhalme dazu.

„Wer ein Glas haben will, muß es nachher selbst abwaschen."

„Du bist mir vielleicht ein träger Wirt", beschwert sich Heike.

Natürlich verzichten wir alle auf ein Glas, denn abwaschen will keiner. Außerdem schmeckt die Cola mit einem Strohhalm viel besser. Man kann sie so richtig genüßlich schlürfen.

Bastian stellt das Tablett auf den Tisch und hockt sich zu uns. Wir schieben die Blumenvase mitsamt der Tischdecke beiseite und breiten den Spielplan aus.

„Ich will der Verbrecher sein!" schreit Su sofort. „Sonst spiele ich nicht mit."

Ich stöhne gequält auf. Meine kleine Schwester ist wirklich eine Plage. Immer soll alles nach ihrem Kopf gehen.

„Eigentlich wollte ich auch mal der Verbrecher sein." Flo macht ein enttäuschtes Gesicht.

„Ihr könnt ja abwechseln", beschwichtigt Heike die beiden.

Sie holt Husch unter ihrem Pullover hervor und setzt ihn auf den Tisch. Der Hamster richtet sich auf seinen Hinterpfötchen auf, blickt neugierig in die Runde und läßt sich dann mitten auf der Tower-Bridge nieder.

„Husch will mitspielen“, kichert Su.

„Okay“, gibt Flo nach. „Su kann der Verbrecher sein. Dann sind wir eben die Detektive. Wir werden dich sowieso schnell einfangen.“

Aber Su führt uns geschickt an der Nase herum. Erst als wir unsere sämtlichen Fahrscheine schon benutzt haben, schnappt Bastian sie im letzten Augenblick.

„Gemeinheit!“ schnaubt Su empört. „Um ein Haar hätte ich gewonnen. Ich habe keine Lust mehr zu dem dummen Spiel.“

„Mit dir macht das ja keinen Spaß“, schnauze ich meine kleine Schwester an. „Immer bist du grantig, wenn du mal verlierst.“

Su hört gar nicht zu. „Seht mal, wer da kommt!“ ruft sie und zeigt aus dem Fenster.

Ein alter Mann wandert gebückt auf der Deichkrone entlang. Zum Schutz gegen den Regen hat er seine Schirmmütze tief ins Gesicht gezogen.

„Das ist Kuddel!“ ruft Flo.

Kuddel, der in Haus Nr. 3 wohnt, geht zielstrebig über den Steg und öffnet die Tür zum Café.

„Tag“, grüßt er, hängt seine nasse Mütze und die Jacke an den Garderobenhaken und streicht seine spärlichen weißen Haare mit den Fingern glatt. „Ist Almut nicht da?“

„Mama ist nach Glückstadt zum Arzt gefahren“, gibt Bastian Auskunft.

„Bist du jetzt der Chef hier?“ Kuddel zwinkert ihm zu.

„Richtig.“ Bastian steht auf und drückt wichtigtuerisch die Brust heraus. „Was möchtest du haben, Kuddel?“

„Na, was wohl? Einen steifen Grog natürlich. Was anderes kann man bei dem Hundewetter ja nicht trinken.“

Wir rücken bereitwillig zusammen, und er setzt sich zu uns an den Tisch. Wir mögen den alten Kuddel gern. Er kann immer so schöne unheimliche Geschichten erzählen, von denen er behauptet, daß er sie alle selbst erlebt habe, als er noch zur See fuhr. Aber ich glaube, daß das meiste davon Seemannsgarn ist.

„Willst du mitspielen, Kuddel?“ fragt Flo höflich.

„Was ist das für ein seltsames Spiel?“ Kuddel blickt erstaunt auf den Spielplan.

„Das ist der Stadtplan von London“, anwortet Heike. Sie versucht ihm das Spiel zu erklären.

Aber Kuddel winkt ab. „Das ist mir zu kompliziert. Das verstehe ich nicht.“

Bastian stellt ein Glas, das er zur Hälfte mit heißem Wasser gefüllt hat, eine Dose mit Würfelzucker und eine Flasche Rum vor Kuddel auf den Tisch. Wir sehen zu, wie Kuddel sich seinen Grog zurechtbraut und behaglich einen Schluck trinkt.

„Das wärmt“, sagt er zufrieden.

In dem Moment wird die Tür aufgestoßen, und drei Männer stapfen herein. Sie ziehen ihre Öljacken aus und schütteln die Regentropfen ab. Der Älteste von den dreien hat einen zerzausten Seehundsbart und ein braungebranntes, faltiges Gesicht. Die beiden Jüngeren haben lange Haare, die ihnen im Nacken weit über den Hemdkragen fallen. Alle drei tragen ärmellose Fellwesten über buntkarierten Hemden.

Wir blicken uns verblüfft an. Da sitzen wir die ganze Zeit am Fenster, können von hier aus über den Deich auf den Fluß schauen und haben doch nicht mitbekommen, daß inzwischen eine schmucke weiße Segeljacht neben der kleinen *HAI* an der Mole festgemacht hat.

„Hallo!“ ruft der Älteste mit polternder Stimme. „Kann man hier was Warmes bekommen?“

Sein Blick fällt auf die Rumflasche. „So ’n Grog wäre jetzt genau das richtige. Was meinst du, Jörg?“ wendet er sich an den Typ mit der dicken Warze am Kinn.

„Klar, Skipper, immer her damit!“

„Und du, Bruno?“

„Ich sage nicht nein“, brummt der Mann, den er mit Bruno angeredet hat. Er schlurft zu einem der freien Tische, und wir sehen, daß er das linke Bein etwas nachzieht.

„Also, wir bekommen drei Grogs“, sagt der Skipper mit dem Seehundsbart.

Bastian verschwindet erneut hinter dem Tresen, während Jörg und der Skipper sich zu Bruno an den Tisch setzen.

„So ein Mistwetter“, stöhnt der mit der dicken Warze. „Und es soll noch schlimmer kommen. Im Wetterbericht wurde gesagt, daß das Tief sich. . .“

„Ach was, Wetterbericht“, unterbricht Kuddel ihn. „Die Leute vom Wetteramt haben eben keine dicke Zehe, wie der alte Kuddel eine hat. Und meine dicke linke Zehe sagt mir, daß es morgen wieder schön wird.“

„He, Alter, Sie wollen uns wohl Märchen auftischen!“ Die drei lachen dröhnend.

Ich spüre, daß ich wütend werde. Ich kann es nun einmal nicht leiden, wenn sich jemand über den alten Kuddel lustig macht.

Als Bastian drei Gläser mit heißem Wasser, Zucker und die Rumflasche vor sie hingestellt hat, stecken sie die Köpfe zusammen und tuscheln leise, so daß wir nichts mehr verstehen können.

„Kuddel, glaubst du wirklich, daß es morgen wieder schön wird?“ fragt Heike erfreut.

„Kannst du dich auch wirklich auf deine Zehe verlassen?“ forscht Heiko.

„Klar. Meine Zehe hat mich noch nie im Stich gelassen. Sie juckt ganz fürchterlich, und das bedeutet, daß morgen die Sonne wieder scheint. Das ist so sicher wie das Amen nach dem Gebet“, sagt Kuddel überzeugt.

„Wenn du das sagst, Kuddel, stimmt es wohl“, meint Su treuherzig. „Dir glaube ich mehr als dem Wetterbericht.“

„Das wäre ja super!“ Flo fährt begeistert mit beiden Händen



3 4046-8

durch seine dichten Locken. „Gutes Wetter brauchen wir unbedingt. Wir stechen nämlich morgen in See."

„Was tut ihr?" staunt Kuddel.

„Wir fahren mit dem neuen Zollkreuzer nach Helgoland", jubeln wir.

„Ihr habt's gut, Kinder." Kuddel seufzt neidisch. „Ich bin ja schon so ziemlich auf allen Schiffen gefahren, die es gibt, sogar noch auf einer alten Viermastbark, aber auf einem Zollkreuzer noch nicht. Da habt ihr dem alten Kuddel was voraus. Ihr könntet mir einen Gefallen tun und mir von Helgoland einige Flaschen Rum mitbringen."

„Aber Kuddel!" ruft Su empört. „Seitdem du damals in Verdacht geraten bist, ein Brandstifter zu sein, hast du uns doch versprochen, nicht mehr so viel zu trinken."

„Ich will die Flaschen ja auch nicht auf einmal leertrinken", verteidigt Kuddel sich. „Sondern nur so nach und nach. Jeden Tag ein winziges Schlückchen."

„Warum willst du die Flaschen ausgerechnet von Helgoland haben?" will Flo wissen. „Frau Büntje hat auch Rum in ihrem Laden."

Kuddel macht ein pfiffiges Gesicht. „Der Rum bei Frau Büntje ist mir zu teuer. Auf Helgoland bekommt man ihn ganz billig."

„Wieso denn das?" fragt Su erstaunt.

„Weil da kein Zoll auf den Waren liegt. Schokolade ist auch billiger."

„Kaugummi auch?" erkundigt sich Heiko gespannt.

„Alle Süßigkeiten."

„Gut, daß ich das weiß!" ruft Heiko. „Dann muß ich nachher noch mein Sparschwein plündern, damit ich mich mit Kaugummi eindecken kann."

„Wie viele Flaschen Rum sollen wir dir denn von Helgoland mitbringen, Kuddel?" fragt Bastian.

Plötzlich wendet sich der älteste der drei Männer, der mit

dem Seehundsbart, den die anderen Skipper nennen, zu uns um.

„Die Kinder dürfen aber noch keinen Alkohol mitnehmen", mischt er sich ein. „Nur für Erwachsene ist ein Liter zollfrei."

„Schade." Kuddel seufzt tief auf. „Daran habe ich gar nicht gedacht."

„Oder ihr müßt den Rum schmuggeln!" Jörg lacht dröhnend. Seine dicke Warze hüpft dabei auf seinem Kinn hin und her.

„Schmuggeln?" Su beugt sich interessiert vor. „Wie denn?"

„Wie denn? Haha, du bist gut!" Die drei wollen sich über Sus Frage totlachen. „Du mußt die Rumflaschen so gut verstecken, daß die Zollbeamten sie nicht finden."

„Haben Sie schon mal was geschmuggelt?" will Heiko wissen.

Der Skipper schlägt sich stolz auf die Brust.

„Hoho", lacht er, „und was wir schon alles geschmuggelt haben! Was, Jörg, was, Bruno? Und alles immer direkt unter den Augen der Zollbeamten!"

Ich blicke die drei Typen sprachlos an. Spinnen die nun Seemannsgarn, oder meinen die das ernst?

Flo starrt die drei Männer ebenfalls mit weit aufgerissenen Augen an. Ob das echte Schmuggler sind? Vorsichtshalber drückt er sich eng an Kuddel. Man kann ja nie wissen.

Meine kleine Schwester dagegen will wieder einmal besonders mutig sein. Sie steht von ihrem Stuhl auf, stellt sich breitbeinig vor die Männer hin, verschränkt die Arme auf dem Rükken und fragt erstaunt: „Seid ihr echte Schmuggler?"

„Klar, kleines Fräulein, wir sind richtige Schmuggler."

Und dann lachen alle drei dröhnend wie über einen guten Witz. Sie schlagen sich sogar vor Vergnügen auf die Schenkel.

Su runzelt die Stirn und kommt an unseren Tisch zurück. Sie mag es nicht, wenn man sich über sie lustig macht.

„Waren Sie denn auch schon auf Helgoland?" fragt Bastian neugierig. Jetzt will er es genau wissen.

„Klar. Wir sind auch wieder dorthin unterwegs. Wir warten

nur auf besseres Wetter. So, Junge, was müssen wir bezahlen? Wir wollen heute noch bis Cuxhaven kommen."

Die drei ziehen ihre Öljacken über und schlendern den Deich hinunter zum Hafen. Wir pressen unsere Nasen an die Fensterscheibe und sehen zu, wie sie die Leinen loswerfen, mit ihrer Jacht langsam aus dem Hafen tuckern und stromabwärts davonschwimmen.

Heiko, der das Ablegemanöver durch sein Fernglas beobachtet hat, meldet mit wichtiger Miene: „Die Jacht heißt *POSEIDON*."

„Den Namen müssen wir uns merken", sage ich schnell. „Vielleicht sind es ja tatsächlich Schmuggler."

„Ach, das waren doch Angeber." Bastian verzieht geringschätzig den Mund. „Die haben bestimmt noch nie in ihrem Leben was geschmuggelt. Die wollten sich nur vor uns wichtig machen."

„Das glaube ich auch", meint Kuddel. „Richtige Schmuggler würden wohl kaum so auf den Putz hauen wie die."

„Hm", meine ich nachdenklich. „Ich notiere für alle Fälle den Namen ihrer Jacht. Wer weiß, vielleicht treffen wir sie ja auf Helgoland wieder."

„Lieber nicht", sagt Flo ängstlich. „Mit Schmugglern mag ich nichts zu tun haben."

„Du brauchst keine Angst zu haben", tröstet Su ihn. „Auf dem Zollkreuzer kann dir nichts passieren, dafür sorgt Papa."

„Wer sagt denn, daß ich Angst habe", brummt Flo ärgerlich.

Eigentlich hat er ja nichts gegen Abenteuer, solange sie in den Büchern passieren. Aber in Wirklichkeit, da sieht die Sache schon anders aus.

Kuddel erhebt sich. „So, Kinder, ich muß wieder los. Meine Tochter macht immer pünktlich um halb sieben Abendbrot. Bastian, hier ist das Geld für den Grog."

Wir blicken erschrocken auf die Uhr. Es ist beinahe sechs und fängt schon an zu dunkeln.

„Warte, Kuddel!“ rufen Flo und Su. „Wir gehen ein Stück mit dir.“

Heike und Heiko springen ebenfalls auf. Vor dem Dunkelwerden müssen sie zu Hause auf der Insel sein. Heike stopft den Goldhamster unter ihre Jacke und läuft hinter ihrem Bruder den Deich hinunter zum kleinen Hafen.

„Und wer hilft mir?“ stöhnt Bastian.

Ich erbarme mich und spüle die Gläser, während er die Tische abräumt. Kaum sind wir fertig, da kommen Tante Almut und Onkel Henning zurück.

„Na, hat alles geklappt?“ fragt Tante Almut und zieht ihren Mantel aus.

„Logo.“ Bastian grinst.

„So, ich muß jetzt auch gehen“, sage ich. „Ich will die Sachen für morgen packen.“

„Mama! Papa!“ schreit Bastian da. „Ich habe euch ja noch gar nicht erzählt, daß wir morgen mit dem Zollkreuzer nach Helgoland fahren.“

„Was, bei dem Hundewetter?“ Onkel Henning schüttelt sich. „Da würde ich lieber zu Hause in der warmen Stube bleiben.“

„Morgen wird es wieder schön.“ Meine Stimme klingt fest und überzeugt. „Kuddels dicke Zehe hat gejuckt.“

„Mal sehen, wer recht behält“, ruft Onkel Henning, „Kuddels dicke Zehe oder der Wetterbericht!“

## Reisefieber

Meine Mutter öffnet mir die Haustür. „Na, endlich, Sabine“, überfällt sie mich gleich mit einem Wortschwall. „Es wird aber auch höchste Zeit, daß du nach Hause kommst! Du mußt doch noch deine Reisetasche packen, wenn du morgen mit Papa nach Helgoland fahren willst.“

Ich schäle mich aus meinem Regenzeug und schlüpfe aus den Gummistiefeln.

„Ach, um einen Pyjama und Waschzeug einzupacken, brauche ich nicht mal fünf Minuten."

„Dann möchte ich wissen, was Su alles mitnimmt. Sie ist schon seit einer Stunde am Packen."

Im selben Moment stößt Su die Tür ihres Zimmers auf.

„Ich bin fertig!" verkündet sie strahlend. Mit erhitztem Gesicht und aufgelösten Zöpfen schleppt sie Papas großen Reisekoffer zur Treppe.

Meine Mutter starrt sprachlos nach oben. „Was willst du denn mit dem Riesenkoffer, Su?" fragt sie entgeistert. „Du machst doch keine Weltreise von einem Jahr, sondern fährst nur zwei Tage nach Helgoland."

„Was in dem Koffer ist, brauche ich alles", versichert Su ernsthaft.

„Unsinn. Laß mal sehen, was du alles für unnützes Zeug eingepackt hast." Meine Mutter hastet die Treppe hinauf. Ich folge ihr neugierig, denn ich will natürlich auch sehen, was Su alles in den Koffer gestopft hat.

Sus wütender Protest nutzt ihr gar nichts. Mama klappt energisch den Deckel auf. Ich muß an mich halten, um nicht laut loszulachen. Im Koffer liegen nicht etwa Schlafsack und Waschzeug und Pyjama, sondern Sus Lieblingspuppe Gerapita, ihr scheußliches Kuscheltier, von dem man nicht weiß, ob es ein Hase oder ein Teddy sein soll, außerdem sämtliche anderen Puppen und Schmusetiere, und das sind nicht gerade wenig. Kein Wunder, daß der Koffer voll ist.

„Su, du bist doch nicht gescheit!" schimpft Mama. „Was willst du mit all deinen Puppen und Kuscheltieren auf dem Zollschiff?"

„Die wollen auch mal alle zusammen verreisen", erklärt Su mit feierlicher Miene.

„Unsinn. Die Puppen und Kuscheltiere bleiben hier." Mama

will kurzen Prozeß machen. Sie greift nach der erstbesten Puppe, um sie aus dem Koffer zu befördern.

Aber da protestiert Su so lautstark, daß sogar Papa von ihrem Geschrei herbeigelockt wird.

Su wirft sich sogleich heftig schluchzend in seine Arme. „Mama will nicht, daß ich meine Puppen und Kuscheltiere mitnehme."

„Su, jetzt hör mir mal vernünftig zu", versucht Mama sie zu beruhigen. „Wenn du *eine* Puppe mitnimmst, so genügt das vollkommen. Für alle hat Papa gar keinen Platz an Bord. Das mußt du doch einsehen."

Aber wenn Su sich irgend etwas in den Kopf gesetzt hat, kann man ihr mit vernünftigen Gründen nicht kommen. Dann ist sie sturer als ein Panzerschrank, das weiß ich aus eigener bitterer Erfahrung.

„Die *HAMBURG* ist ein riesengroßes Schiff", schnaubt sie empört. „Da ist doch Platz genug für meine Puppen, nicht wahr, Papa?"

„Mama hat schon recht", versucht Papa sie zu überzeugen. „Was willst du mit all den Puppen an Bord?"

„Sie wollen auch gerne mit nach Helgoland." Su verlegt sich aufs Bitten. „Darf ich den Koffer mitnehmen? Bitte sag ja, Papa."

„Nun gut. Aber du mußt ihn allein schleppen. Ich helfe dir nicht dabei. Also, überleg dir genau, ob du ihn wirklich mitnehmen willst."

„Toll!" jubelt Su. „So schwer ist er gar nicht."

Mama zuckt ergeben die Schultern. „Dann nimm ihn halt mit. Aber unsinnig ist es trotzdem."

Während sie mit Papa die Treppe hinuntergeht, setzt sich Su mit triumphierender Miene auf den Kofferdeckel und läßt die Schlösser wieder einschnappen.

„Willst du den ganzen Krempel wirklich mitnehmen?" frage ich ungläubig.

Als Su ernsthaft nickt, tippe ich mir an die Stirn. „Du tickst doch nicht mehr richtig."

Aber mitten in der Bewegung halte ich inne. Mir ist plötzlich eine gute Idee gekommen, wo ich die Katzenstreu und die Katzenkekse für Bandit unterbringen kann. Darüber habe ich mir bis jetzt vergeblich den Kopf zerbrochen. Gebieterisch strecke ich den Arm aus. „Su, mach den Deckel auf. Deine Puppen und Kuscheltiere fliegen raus."

Su öffnet bereits den Mund, um empört loszuschreien. Aber ich bin schneller als sie. Bevor sie loszetern kann, flüstere ich ihr geheimnisvoll ins Ohr: „Wir brauchen den Platz im Koffer für Katzenstreu und Katzenkekse. Oder soll Bandit auf der Reise verhungern?"

Su klappt ihren Mund wieder zu. Kannst du die Kekse nicht in deine Reisetasche tun, Sabine?"

Ich schüttele den Kopf. „Nein. Bandit kommt doch in die Tasche! Wenn du nicht einverstanden bist, muß der Kater zu Hause bleiben."

Aber das möchte Su nicht. Schließlich war sie ja auch dafür, daß der Kater und der Hamster dabeisein müssen.

Wir tragen den Koffer in Sus Zimmer zurück, und während meine kleine Schwester seufzend ihre Puppen und Kuscheltiere wieder auspackt, hole ich Katzenkekse und Katzenstreu.

Plötzlich erscheint Bandit bei uns. Er schleicht um den großen Koffer herum, riecht verwundert an der Tüte mit Katzenstreu und blickt uns fragend an. Er versteht nicht, was die Streu im Koffer soll, denn normalerweise befindet sie sich in seinem Katzenklo, das unten im Flur steht.

Ich nehme ihn auf den Arm und zeige ihm meine Reisetasche.

„Bandit, hier in der Tasche mußt du morgen so lange aushalten, bis wir auf dem Schiff sind. Du darfst auf gar keinen Fall maunzen, sonst bemerkt Papa dich, und dann mußt du allein bei Mama zu Hause bleiben", erkläre ich ihm.

Su öffnet den Reißverschluß der Tasche. Bandit steckt seinen

Kopf hinein, schnuppert erwartungsvoll und sieht uns dann enttäuscht an.

Ich lege probeweise zwei Kekse hinein. Sofort windet sich Bandit aus meinen Armen und schlüpft in die Tasche. Wir hören, wie er genüßlich die Kekse zerbeißt. Als er sie aufgefressen hat, steckt er den Kopf wieder aus der Tasche und maunzt uns an.

„Mehr kriegst du jetzt nicht, Bandit", wehre ich ab. „Der Rest ist für morgen."

„Habt ihr endlich fertiggepackt?" ruft Mama. „Es gibt Abendessen."

„Wir kommen sofort!"

Bandit ist als erster in der Küche und macht sich gleich über seine Schüssel her.

„Um wieviel Uhr müßt ihr morgen früh losfahren, Ulf?" fragt Mama, während sie Tee eingießt.

„Um sechs müssen wir spätestens an Bord der *GLÜCKSTADT* sein", antwortet mein Vater.

„Dann müßt ihr ja schon um fünf Uhr aufstehen", stöhnt Mama. „Geht nachher gleich zu Bett, sonst kommt ihr morgen nicht aus den Federn. Gibst du mir mal bitte die Butter, Ulf? Su, willst du gar nichts essen?"

Su legt Messer und Gabel beiseite. „Eigentlich habe ich gar keinen Hunger. Ich bin unheimlich gespannt, ob wir morgen die drei Schmuggler auf Helgoland wieder treffen."

„Was denn für Schmuggler?" Mama blickt sie verständnislos an.

„Wir haben heute nachmittag drei echte Schmuggler getroffen", verkündet Su mit wichtiger Miene.

Aber Mama nimmt ihr Gerede nicht ernst. „Su, phantasiere nicht herum", sagt sie ärgerlich.

„Aber sie haben doch selber gesagt, daß sie Schmuggler sind", verteidigt sich Su empört. „Frag doch Sabine, die hat es auch gehört."

*„Mehr kriegst du nicht, Bandit, der Rest ist für morgen."*

„Ja." Ich nicke. „Tante Almut mußte heute nachmittag zum Arzt nach Glückstadt fahren, und wir haben solange auf das Café aufgepaßt."

„Bei dem schlechten Wetter ist doch sicher kein Gast gekommen", meint Papa.

„Doch. Kuddel war da. Und später kamen noch drei Typen, die mit ihrer Segeljacht für kurze Zeit im Hafen anlegten. Irgendwie haben sie wohl mitgekriegt, daß wir morgen nach Helgoland fahren. Sie erzählten uns nämlich, daß sie immer viel schmuggeln und daß die Zöllner sie nie erwischen."

Mein Vater, der zuerst aufmerksam zugehört hat, winkt ab. „Ach", meint er. „Das waren wohl nur Aufschneider, die sich vor euch wichtig machen wollten."

„Genau das sagte Bastian auch. Wenn sie gewußt hätten, daß wir mit dem Zollkreuzer nach Helgoland fahren wollen und daß du Kapitän auf dem Schiff bist, hätten sie uns bestimmt nicht erzählt, daß sie Schmuggler sind", füge ich nachdenklich hinzu.

„Wie heißt denn ihr Boot?"

„*POSEIDON*", melde ich eifrig. „Wir haben uns den Namen natürlich sofort gemerkt."

„Nun, ich glaube zwar, daß die drei euch einen dicken Bären aufgebunden haben, was das Schmuggeln betrifft, aber es schadet ja nichts, wenn wir die Jacht mal im Auge behalten."

„Papa, wieviel Alkohol darf man denn von Helgoland zollfrei mitnehmen?" erkundige ich mich. „Kuddel möchte gerne eine Flasche Rum haben, weil er dort viel billiger ist."

„Alkoholische Getränke dürfen sowieso nur von Personen mitgenommen werden, die mindestens siebzehn Jahre alt sind. Wenn Kuddel unbedingt eine Flasche Rum haben möchte, dann werde ich eine für ihn kaufen."

„Toll, Kuddel wird sich bestimmt freuen!"

„Ach", meint Su enttäuscht, „darf man nicht soviel mitnehmen, wie man will?"

„Nein." Papa lacht. „Wenn man mehr Alkohol oder Kaffee oder Tee oder Parfüm mitnimmt, als erlaubt ist, muß man die Waren wieder verzollen, und dann sind sie genauso teuer wie in Frau Büntjes Laden."

„Ach so." Su zieht ein langes Gesicht. „Sonst hätten wir ja den ganzen Koffer voll Schokolade mitbringen können."

Meine Mutter schlägt entsetzt die Hände über dem Kopf zusammen. „Um Himmels willen, Su, anschließend hast du dann Riesenlöcher in den Zähnen. Ich mache mir sowieso Gedanken, ob ich dich überhaupt mitlassen kann. Findest du nicht auch, Ulf, daß Su noch etwas zu klein für diese Reise ist?"

Su sperrt erschrocken Mund und Augen auf. „Mama, ich bin doch schon acht."

„Aber immer so uneinsichtig. Denk nur an das Theater mit dem Koffer vorhin. Was haltet ihr beiden davon, wenn ich mitfahre? Dann könnte ich ein wenig auf euch aufpassen."

Mir fährt der Schreck so heftig in die Knochen, daß ich mich verschlucke und husten muß. Ich habe ja nichts gegen Mama. Eigentlich ist sie ganz in Ordnung. Aber auf dem Zollschiff können wir sie nun wirklich nicht brauchen. Wenn Mama mitkommen würde, könnten wir genausogut zu Hause bleiben. Sie würde die ganze Zeit hinter uns stehen und aufpassen, daß wir nicht über die Reling fallen. Das sind ja fürchterliche Aussichten. Ich blicke Su entsetzt an.

„Na, allzu begeistert scheint ihr ja von meinem Vorschlag nicht zu sein", sagt Mama enttäuscht.

Su und ich machen betretene Gesichter. Weder Su noch ich mögen ihr so direkt sagen, daß wir sie nicht dabeihaben wollen.

Da fällt mir der rettende Ausweg ein. „Mama, du kannst ja gar nicht mit!" rufe ich erleichtert. „Du hilfst doch nachmittags Tante Almut immer im Café."

Nun kann sie nicht beleidigt sein. Den Grund muß sie einfach akzeptieren.

„Bei dem Schmuddelwetter kommen ja gar keine Gäste", antwortet Mama zu meinem Schrecken. „Da wird Almut auch mal zwei Tage ohne mich fertig. Heute nachmittag war ich auch nicht dort, und trotzdem hat alles geklappt."

Es fehlte nicht viel, und ich hätte laut gestöhnt. Meine Mutter bringt es tatsächlich fertig und fährt mit. . .

Zum Glück wehrt Papa entschieden ab. „Wie stellst du dir das vor, Uta? Erstens haben wir keine Koje mehr frei, zweitens sind wir kein Vergnügungsdampfer, und drittens sind wir Männer genug, um auf die Kinder aufzupassen. Ich setze natürlich voraus, daß ihr euch ordentlich aufführt", sagt er und wendet sich uns zu.

„Ist doch klar, Papa", verspreche ich schnell. Ich hätte alles mögliche versprochen, wenn Mama nur zu Hause bliebe.

„Ich komme mir bestimmt ganz einsam vor in dem leeren Haus", sagt Mama und seufzt.

Das klingt so traurig, daß sie mir ein wenig leid tut. Su empfindet wohl dasselbe wie ich, denn sie sagt tröstend: Wir sind doch nur zwei Tage weg. Außerdem bist du gar nicht allein, Mama. Bandit ist doch bei dir. Ach nein", berichtigt sie sich plötzlich, „Bandit ist ja gar nicht. . ."

Weiter kommt sie nicht. Ich gebe ihr unter dem Tisch einen Tritt gegen das Schienbein, worauf sie schmerzlich das Gesicht verzieht. Als sie meinen warnenden Blick sieht, kapiert sie endlich und schweigt erschrocken. Um ein Haar hätte sie ausgeplaudert, daß wir den Kater mitnehmen wollen. Gut, daß ich so schnell reagiert habe.

Meine Mutter blickt Su verwundert an. „Was meintest du?"

„Ach, gar nichts, war wohl nicht so wichtig", redet sich Su heraus.

Mama forscht zum Glück nicht weiter nach. Ich atme erleichtert auf.

Als wir den Tisch abgeräumt haben, sagt Mama bestimmt: „So, ihr beiden, ihr geht jetzt zu Bett."

„Was, jetzt schon?“ mault Su. „Es ist ja noch nicht mal acht.“
„Immerhin müßt ihr morgen früh um fünf Uhr aufstehen.“

Wir fügen uns, sagen gute Nacht und steigen die Treppe zu unseren Zimmern hinauf.

Ich setze mich an meinen Schreibtisch und kritzele rasch eine kurze Notiz für Mama auf ein Blatt Papier.

> Liebe Mama. Wir haben Bandit mit auf das Zollschiff genommen. Mach dir keine Sorgen. Viele Grüße und Küsse. Deine Sabine.

Den Zettel will ich morgen früh in den Küchenschrank legen. Da findet Mama ihn bestimmt. Gut, daß ich daran gedacht habe. Mama hätte sich sonst nur unnötige Sorgen gemacht, wenn Bandit plötzlich spurlos verschwunden gewesen wäre. Ich erinnere mich noch mit Schrecken daran, wie ich vor Angst und Sorgen ganz außer mir war, als Bandit damals von den Katzendieben gefangen wurde.

Als ich aus dem Bad komme, kauert Su im Pyjama auf meinem Bett.

„Was willst du denn noch?“ frage ich unwirsch. „Du sollst doch schlafen.“

„Ich kann nicht schlafen“, sagt Su. Sie schlingt die Arme um ihre hochgezogenen Knie. „Ich bin so aufgeregt.“

„Ich auch“, muß ich zugeben. „Wir haben wohl Reisefieber.“

„Ich wollte, es wäre schon morgen, Sabine.“

„Dann geh jetzt schnell in dein Bett. Wenn man schläft, ist es im Handumdrehen wieder morgen.“

„Okay. Gute Nacht.“

„Gute Nacht, Su.“

Su springt von meinem Bett und hüpft auf einem Bein aus dem Zimmer. Ich schließe meine Tür bis auf einen schmalen Spalt. Es dauert nicht lange, da wird sie wie von Geisterhand aufgeschoben, gerade so weit, daß ein Kater hindurchschlüpfen kann. Bandit blinzelt mich an, springt mit einem Satz auf mein Bett und kuschelt sich behaglich auf dem Kopfkissen zusammen.

Ich ziehe die Gardine beiseite und blicke aus dem Fenster. Viel ist nicht zu sehen, denn draußen ist es bereits dunkel. Nur die roten und grünen Lichter der Leuchttonnen, die den Schiffen das Fahrwasser anzeigen, scheinen beruhigend durch die Nacht. Von der Insel schimmert ein schwacher, viereckiger Lichtschein herüber. Das ist das Licht aus Heikes Zimmer. Sie geht jetzt wohl auch gerade zu Bett, und bestimmt ist sie genauso gespannt auf morgen wie ich.

Der Regen klatscht noch immer gegen die Scheibe. Hoffentlich behält Kuddel mit seiner Vorhersage recht und nicht der Wetterbericht.

Ich schlüpfe unter die Bettdecke und kraule Bandit am Kinn. Er schnurrt vor lauter Behagen wie eine Nähmaschine.

„Morgen gehen wir auf große Fahrt, Bandit", flüstere ich ihm aufgeregt ins Ohr.

Aber der Kater hört gar nicht zu. Er gähnt ausgiebig und schließt das gesunde Auge.

## Zwei blinde Passagiere

„Sabine, aufstehen!"

Wie von unendlich weit her dringt die Stimme meines Vaters an mein Ohr. Unwillig schlage ich die Augen auf. Papa hat sich über mich gebeugt und rüttelt mich an den Schultern.

„Was ist los?" Schlaftrunken richte ich mich im Bett auf. In meinem Zimmer brennt Licht. Draußen ist es noch stockdunkel.

„Warum weckst du mich denn so früh?" Ich gähne laut. „Wir haben doch Ferien."

„Na, du bist gut.“ Mein Vater streicht über seinen Schnurrbart und lacht belustigt. „Ich denke, du willst mit auf Seestreife.“

Jetzt erinnere ich mich wieder. Heute wollen wir ja mit der *HAMBURG* auf große Fahrt gehen! Plötzlich bin ich hellwach.

„Klar will ich mit.“

„Dann schnell raus aus den Federn! Es ist schon nach fünf. Ich wecke jetzt Su.“ Papa eilt aus meinem Zimmer.

Mit einem Satz springe ich aus dem Bett, laufe ans Fenster und reiße die Gardine beiseite. Draußen gähnt pechschwarze Nacht. Nur die Leuchttonnen, die im Fluß verankert sind, senden pausenlos ihre grünen oder roten Lichtsignale aus und zeigen den großen Schiffen das richtige Fahrwasser an.

Ich kann nicht erkennen, ob Wolken am Himmel sind.Es ist noch zu dunkel. Deshalb öffne ich rasch das Fenster und halte meinen Arm weit hinaus – es regnet nicht. Erfreut ziehe ich ihn wieder zurück. Hoffentlich behält Kuddels dicke linke Zehe recht. Bis jetzt stimmt seine Vorhersage jedenfalls.

Ich flitze ins Bad und wasche mir den letzten Rest Müdigkeit mit eiskaltem Wasser aus dem Gesicht. Als ich wieder hinauswill, stoße ich mit Su zusammen. Sie hat den Mund zum Gähnen weit aufgerissen, und ihre sonst so großen Kulleraugen sind vor Schläfrigkeit schmal wie Schlitze.

„Su, beeil dich“, mahne ich und schubse sie ins Bad.

Rasch schlüpfe ich in Jeans und Sweatshirt und halte nach Bandit Ausschau. Er liegt am Fußende meines Bettes und beobachtet mich verwundert. Plötzlich springt er auf, streckt sich ausgiebig und streicht dann maunzend um meine Beine. Meine Unruhe steckt ihn wohl an.

Ich ziehe die Reisetasche hervor, hocke mich vor dem Kater nieder und rede beschwörend auf ihn ein. „Bandit, du mußt dich jetzt für eine Weile hier in der Tasche verstecken. Du darfst auf keinen Fall miauen. Hast du das verstanden?“

Bandit blickt mich aufmerksam mit seinem gesunden Auge an und maunzt laut. Ob das nun eine Zustimmung sein soll, kann ich nicht feststellen. Ich nehme ihn auf den Arm, streichle beruhigend über sein glattes Fell und setze ihn dann in die Reisetasche. Vorsichtig ziehe ich den Reißverschluß zu und warte eine Weile ängstlich ab. In der Tasche bleibt es wider Erwarten ruhig. Bandit scheint doch ein kluger Kater zu sein, auch wenn Bastian das immer abstreitet. Nur ein leises Knacken zeigt an, daß er die Kekse entdeckt hat, die ich in weiser Voraussicht bereits gestern abend hineingeschüttet habe.

Mit klopfendem Herzen trage ich die Tasche die Treppe hinunter. Papa, der gerade den Riesenkoffer zum Auto schleppen will, stutzt verblüfft. „Ich wußte gar nicht, daß Puppen so schwer sind“, sagt er verwundert.

Ich blicke rasch zur Seite, damit er mein Grinsen nicht sieht. Ein Glück, daß Papa nicht ahnt, daß keine einzige Puppe mehr in dem Koffer ist, nur Katzenstreu und Katzenkekse.

„Sabine, gib mir deine Tasche, ich nehm' sie gleich mit.“

„Nein“, wehre ich erschrocken ab, „die stelle ich selbst ins Auto.“

Nicht auszudenken, wenn Bandit ausgerechnet in dem Moment miauen würde, wenn mein Vater die Tasche nimmt. Dann wäre seine Reise bereits zu Ende, bevor sie überhaupt begonnen hat. Behutsam stelle ich die Tasche neben den Koffer auf die Ladefläche unseres Kombis.

„Du tust ja so geheimnisvoll, als ob du einen Schatz darin versteckt hättest“, spottet Papa.

Ich merke, daß ich rot werde, denn so unrecht hat er mit seiner Behauptung ja nicht. In meiner Tasche befindet sich tatsächlich ein Geheimnis.

Papa will gerade die Autotür schließen, als Bastian im Lichtschein unserer Haustürbeleuchtung auftaucht. Er trägt seine dicke, gefütterte Jeansjacke, und auf seinen stoppeligen Haaren sitzt keck eine blaue Pudelmütze. Unter den rechten Arm hat er seinen Schlafsack geklemmt und unter den linken seine Sporttasche.



4 4046-8

„Ahoi, Onkel Ulf, ahoi, Sabine!" grüßt er ganz seemännisch.

„Hallo, Bastian. Du kannst deine Sachen gleich in den Wagen legen." Mein Vater eilt ins Haus zurück, um Su zu rufen.

Mit viel Schwung pfeffert Bastian seine Sporttasche auf die Ladefläche. Sie schlittert gegen meine Reisetasche, und es ertönt ein klägliches Maunzen.

„Paß doch auf, du Idiot", zische ich wütend und versetze Bastian einen Stoß in den Rücken. „Hast du etwa vergessen, daß Bandit in der Reisetasche sitzt?"

Bastian faßt sich an die Stirn. „Au, Mann, das habe ich total verschwitzt. Hat dein Vater schon was gemerkt?"

„Nein. Das kannst du dir doch denken. Sonst wäre Bandit wohl kaum noch im Auto."

„Wenn das nur gutgeht", meint Bastian. Er wackelt besorgt mit seinen abstehenden Ohren.

Plötzlich erscheint meine Mutter in ihrem rosa Bademantel an der Haustür. „Sabine, wollt ihr nicht erst frühstücken?"

Ich schüttele den Kopf. Vor Aufregung bekomme ich sowieso keinen Bissen hinunter.

„Frühstücken können wir später an Bord. So, habt ihr jetzt alles?" ruft Papa ungeduldig. „Wir müssen los."

Su taucht, noch immer ganz verschlafen, in ihrer Latzhose und ihrem Lieblingspullover neben uns auf.

„Su, du hast deinen Anorak vergessen." Mama reicht ihr die rote Jacke. „Und gekämmt bist du auch nicht."

„Ist doch egal", murrt Su unwillig.

„Ich möchte wetten, daß sie sich auch nicht gewaschen hat." Ich kichere genüßlich.

Mama läßt es sich nicht nehmen, Su in Windeseile die Zöpfe zu flechten. Zum Abschied drückt sie ihr einen Kuß auf die Wange.

„Wo steckt Bandit eigentlich?" fragt sie, als sie sich von mir verabschiedet. „Liegt er etwa wieder auf deinem Bett, Sabine?"

„Nein, ich habe ihn bereits rausgelassen", antworte ich

schnell. Und das ist ja auch die Wahrheit. Bandit sitzt draußen im Auto in der Reisetasche, zerbeißt Kekse und wartet auf die Dinge, die da kommen sollen.

Papa läßt den Motor an und hupt ungeduldig. Ich winde mich aus Mamas Armen und steige rasch zu Su und Bastian in den Wagen.

„Mama hat's gut", sagt Su neidisch. „Sie kann jetzt wieder zu Bett gehen und schlafen."

„Das kannst du auch", meint Papa trocken. „Du brauchst nur auszusteigen."

„Nein, nein!" ruft Su schnell und hebt abwehrend beide Hände. Die Fahrt auf dem Zollkreuzer will sie sich um nichts in der Welt entgehen lassen, auch wenn ihr vor Müdigkeit dauernd die Augen zufallen.

Papa schaltet die Scheinwerfer ein. Wir fahren langsam die dunkle Straße entlang. Vor Haus Nr. 1 halten wir an. Papa hupt kurz. Da wird bereits die Haustür aufgerissen, und Flo stürzt mit offener Jacke heraus. Seine Mutter rennt mit flatterndem Morgenrock hinter ihm her. Flo wirft seinen Schlafsack und seine Tasche auf die Ladefläche und zwängt sich zwischen Su und mich auf den Rücksitz.

„Paß gut auf dich auf, Florian!" ruft seine Mutter. „Beug dich nicht so weit über die Reling und. . ."

Ihre weiteren Ermahnungen hören wir zum Glück nicht mehr. Papa gibt Gas und fährt die Straße wieder zurück. Alle anderen Diekhusener schlafen noch. In keinem der Häuser brennt Licht. Auch unsere Haustürbeleuchtung ist erloschen. Ein komisches Gefühl, zu wissen, daß Mama jetzt wieder im Bett liegt, während wir durch die Dunkelheit fahren.

„Hoffentlich sind Heike und Heiko schon da." Gespannt beuge ich mich vor.

Aber meine Sorge ist unbegründet. Als wir durch die Lücke im Deich fahren und auf der Hafenmole halten, sitzt Heike bereits wartend auf einem Poller unter der Laterne.

Bauer Hansen, ihr Vater, hat sie mit seinem Motorboot von der Insel herübergebracht. Er reicht Heiko gerade die Taschen und Schlafsäcke zu.

„Gute Fahrt!" ruft uns Bauer Hansen nach, als Heike und Heiko sich noch zwischen uns gezwängt haben. Bastian hat es natürlich wieder am bequemsten. Er sitzt vorn neben Papa auf dem Beifahrersitz und streckt seine langen Beine weit von sich, während ich Su auf den Schoß nehmen muß, damit wir auf dem Rücksitz alle Platz haben.

Heike blickt mich forschend an. „Alles okay?" flüstert sie leise. Sie will natürlich wissen, ob wir es geschafft haben, Bandit mitzuschmuggeln. Ich nicke und deute auf die Reisetasche hinter mir.

Lautlos forme ich zwischen meinen Lippen die Frage: Hast du Husch? Heike zeigt auf die Brusttasche ihrer Jacke. Wir fühlen uns wie zwei Verschwörer und kichern leise.

Im Osten wird es ganz allmählich hell. Ein blaßrosa Streifen, der rasch breiter wird, taucht am Horizont auf.

Heiko reibt sich vergnügt die Hände. „Wir haben vielleicht Schwein", freut er sich. „Es hat tatsächlich zu regnen aufgehört."

„Das hat Kuddel doch prophezeit!" ruft Flo übermütig. „So eine Zehe möchte ich auch haben", fügt er träumerisch hinzu.

„Pah, meine Zehe kann das auch", meldet sich Su zu Wort.

„Wirklich?" fragt Flo ungläubig. „Dann sag doch mal, ob morgen die Sonne scheint oder nicht."

Aber bevor Su antworten kann, macht es laut und deutlich hinter uns „Miau".

Wir erstarren vor Schreck. Hoffentlich hat Papa nichts gehört.

„War das nicht eine Katze?" fragt er da auch schon verwundert.

Was nun? Bastian faßt sich als erster. „Ach, das war ich, Onkel Ulf", meint er leichthin. „Ich kann 'ne Menge Tierstimmen nachmachen. Willst du mal alle hören?"

„Nein, vielen Dank", wehrt mein Vater ab.

Puh, das ging ja noch mal gut. Wie auf Kommando fangen wir alle an zu reden, einer immer noch lauter als der andere, um Bandits Maunzen zu übertönen.

Ich atme erleichtert auf, als die ersten Häuser von Glückstadt auftauchen. So lang ist mir die Strecke noch nie vorgekommen. Endlich können wir den schmalen, langgestreckten Binnenhafen links vor uns liegen sehen.

Die Sonne ist inzwischen ein Stück höhergeklettert, und die Segelboote und die kleinen, bunten Häuser spiegeln sich im glatten Wasser des Hafens. Sie sehen so leicht und durchsichtig aus, als wären sie aus Glas. So etwas Schönes habe ich noch nie gesehen. Genauso stelle ich mir die Häuser einer Märchenstadt vor, mit kleinen Butzenscheiben und Rosenstöcken neben den Haustüren. Das müßte man malen können, jetzt sofort, bevor die Sonne am Himmel höhersteigt und die zarten rosa Farben wieder verlöschen wie ein Regenbogen. . .

Ich denke an meinen Zeichenblock, den ich für alle Fälle in den Koffer gesteckt habe. „Papa, kannst du nicht einen Moment anhalten? Ich möchte die Häuser am Hafen malen." Mein Vater blickt mich im Rückspiegel an, als ob ich nicht ganz gescheit wäre. „Und das fällt dir ausgerechnet jetzt ein? Wir müssen in fünf Minunten auf dem Schiff sein, Sabine."

Bastian wendet sich um. „Die Häuser kannst du auch später noch malen", meint er spöttisch, „die fliegen nicht davon."

„Aber noch nie sahen sie so phantastisch aus wie heute", rufe ich überschwenglich.

„Pah", meint Heiko nach einem kurzen Blick aus dem Fenster. „Ich finde, sie sehen aus wie immer." Er schiebt sich eine Kaugummikugel in den Mund.

„Nein!" ruft der kleine Flo da heftig. „Es stimmt, was Sabine sagt. Sie sehen irgendwie verzaubert aus."

Ich drücke meine Nase an die Scheibe, um noch einen letzten

Blick zu erhaschen. Aber da fahren wir bereits an der Schleuse vorbei. Die kleinen, bunten Häuser bleiben zurück. Vor uns erstreckt sich der Außenhafen, in dem der grünweiße Zollkreuzer an der Pier liegt. Papa stellt den Wagen auf dem Parkplatz vor der Bootswerft ab, bei der Bastians Vater arbeitet. Wir steigen aus, schnappen unsere Taschen und Schlafsäcke und wandern die Pier entlang zur *GLÜCKSTADT*.

Papas Crew ist bereits vollständig versammelt. Die sieben Männer sitzen im Abfertigungsraum und trinken Kaffee. Ich kenne sie alle mit Namen.

„Acht Mann Besatzung und sechs Gäste", staunt Fiete, als er uns sieht. „Jetzt wird unser Schiff aber voll."

Und dazu noch zwei blinde Passagiere, füge ich in Gedanken hinzu.

Fiete ist der Koch, der Smutje, wie man an Bord sagt. Er sieht gemütlich aus mit seinem dicken Bauch und den gütmütig zwinkernden Augen.

„Wo sollen wir denn unsere Taschen und Schlafsäcke lassen, Onkel Ulf?" erkundigt sich Bastian, nachdem wir die Männer begrüßt haben.

Mein Vater sieht sich suchend um. In den kleinen Abfertigungsraum, der nur einen Schreibtisch, einen Aktenschrank und den halbkreisförmigen Tisch enthält, passen wir mit unseren Klamotten unmöglich noch hinein.

„Hm." Papa kratzt sich hinter dem Ohr. „Stellt die Sachen einfach an Deck, hinter das Ruderhaus. In Cuxhaven müssen wir ja sowieso umsteigen, und auf der *HAMBURG* haben wir dann genug Platz."

Während die Männer ihren Kaffee schlürfen und dabei eine Lagebesprechung abhalten, turnen wir im Steuerhaus herum. Heiko pflanzt sich natürlich sofort hinter dem Ruder auf und spielt Kapitän. Er setzt die Schirmmütze meines Vaters auf und ruft uns Befehle zu, um die wir uns natürlich nicht kümmern. Bastian läßt sich mit wichtiger Miene hinter dem Radargerät nieder, während Heike und ich auf der Bank hocken und leise miteinander tuscheln.

„Was macht Husch?" flüstere ich.

Heike zeigt auf die Brusttasche ihrer Jacke. „Er schläft fest."

„Unsere beiden blinden Passagiere benehmen sich vorzüglich", sage ich zufrieden und kichere.

In dem Augenblick reißt Su die Steuerhaustür auf. „Sabine, komm mal schnell!" ruft sie aufgeregt. „Bandit maunzt fürchterlich. Er will aus der Tasche."

Gefolgt von Heike stürze ich an Deck. Flo steht ratlos neben der wild hin und her schaukelnden Tasche. Ich ziehe den Reißverschluß ein kleines Stück auf. Sofort zwängt Bandit eine Pfote durch den Spalt und miaut herzzerreißend.

Auf einmal kommen mir doch große Zweifel, ob es nicht besser gewesen wäre, wenn wir den Kater bei Mama zu Hause gelassen hätten. Aber jetzt ist es zu spät. Jetzt muß Bandit noch so lange in der dunklen Tasche ausharren, bis wir auf der *HAMBURG* sind.

„Su, hol schnell die Tüte mit den Katzenkeksen!" rufe ich meiner Schwester zu.

Während sie mit Heikes und Flos Hilfe den großen Koffer öffnet, versuche ich, meinen Kater zu trösten, indem ich ihn beruhigend unter dem Kinn kraule. Um ein Haar wäre er mir dabei noch aus der Tasche geschlüpft. Flo schüttet gerade rechtzeitig Kekse hinein, worauf Bandit seine Fluchtgedanken und sein Maunzen aufgibt und sich eilig über die Leckerbissen hermacht.

Es ist aber auch höchste Zeit, daß Bandit ruhig ist, denn Nils und Björn, zwei von Papas Kollegen, erscheinen an Deck, um die Leinen loszumachen. In der Aufregung um Bandit haben wir gar nicht gemerkt, daß die Maschinen bereits laufen. Herr Wegener kommt ins Steuerhaus, greift zum Hörer des Funkgerätes und meldet die *GLÜCKSTADT* ab. Heiko räumt nur ungern seinen Platz am Ruder.

„Wir legen ab!" ruft Flo begeistert.

Ich blicke aus dem Fenster. Tatsächlich, zwischen Schiff und Pier liegen bereits einige Meter Wasser.

Heike und ich werfen uns zwei verschwörerische Blicke zu. Wir haben es geschafft, Bandit und Husch aufs Schiff zu schmuggeln, ohne daß mein Vater etwas gemerkt hat.

## Auf der HAMBURG

Su, Flo und Heike hocken bei Fiete, dem Koch, in der Kombüse, wie die Seeleute die Schiffsküche nennen. Heike, die sich immer gern nützlich macht, wäscht die Kaffeetassen ab. Su und Flo verdrücken je eine Brötchenhälfte mit Butter und Mettwurst. Fiete hat sie ihnen gutmütig zurechtgemacht, obwohl es ja eigentlich erst auf der *HAMBURG* Frühstück geben soll.

Bastian steckt mit dem Ersten Ingenieur im Maschinenraum, und nur Heiko und ich halten im Steuerhaus Wache. Wir studieren angestrengt eine Seekarte von der Elbe. Hier sind alle roten und grünen Tonnen eingezeichnet, zwischen denen wir entlangfahren. Die roten Tonnen sind auf der rechten Seite des Fahrwassers verankert und tragen eine gerade Nummer, die grünen auf der linken Seite haben eine ungerade Zahl.

Genau um 6 Uhr 50 kommt der Industriehafen Brunsbüttel in Sicht. Zwei Frachtschiffe liegen an der Pier. Sie löschen Kies.

Als wir wenig später die Brunsbütteler Schleuse, die Einfahrt zum Nord-Ostsee-Kanal, passieren, bittet Heiko: „Darf ich auch mal steuern?"

Diese Frage hat ihm wohl schon die ganze Zeit über auf der Zunge gelegen. Sobald sich Heiko auf einem Schiff befindet, muß er wenigstens einmal das Ruder in den Händen gehabt haben, sonst ist er nicht zufrieden.

Herr Wegener macht ihm bereitwillig Platz. Mit leuchtenden

Augen faßt Heiko in die Holzspeichen des Steuerrades.

„Mensch, super!" jubelt er. „Wenn ich den Mädchen und Jungen in meiner Klasse erzähle, daß ich allein den Zollkreuzer gesteuert habe, flippen die aus. Ich glaube, ich werde doch Kapitän."

Ich muß bei Heikos Worten grinsen. Er wird nämlich immer von zwei Berufswünschen hin und her gerissen. Wenn er seinem Vater auf dem Hof hilft, möchte er am liebsten Bauer, wenn er mit der Jolle über den großen Fluß segelt, möchte er Seemann werden.

„Halt auf die rote Tonne mit der Nummer vierundfünzig an Steuerbord zu, Heiko", sagt Herr Wegener zu ihm.

Ich passe wie ein Luchs auf, was Heiko macht. Denn klar ist doch, daß ich den Zollkreuzer auch mal steuern möchte, und dann weiß ich wenigstens schon, wie es geht.

„Aye, aye, Sir", brummt Heiko.

Ich blicke auf den Kompaß. Heiko steuert einen Kurs von 230 Grad. Soviel kapiere ich auch schon. Ich muß ihm neidlos zugestehen, daß er seine Sache wirklich gut macht – wie ein alter Seebär.

Mein Vater erscheint auf der Brücke. Er hat sich inzwischen umgezogen, seine Jeans mit dunklen Hosen und sein T-Shirt mit einem blauen Hemd vertauscht.

„Wir haben einen neuen Steuermann, Ulf." Herr Wegener grinst.

„Wie macht er sich denn?" fragt Papa.

„Prima."

Heiko errötet vor Freude über das Lob bis unter die Haarwurzeln.

„Geht mal etwas mit der Fahrt runter, sonst kann ich meinen Bericht nicht ordentlich schreiben. Das ganze Schiff zittert ja." Damit verschwindet mein Vater wieder.

Heiko zieht ein langes Gesicht. „Schade... Das macht richtig Laune, wenn der Kreuzer so abzischt."

*Heiko darf steuern*

„Nimm's nicht so tragisch", meint Herr Wegener begütigend. „Man kann wirklich schlecht schreiben, wenn der Tisch so wackelt."

Er zeigt nach Steuerbord. „Das Neufelder Watt kommt in Sicht. Daran schließt sich der große Sand an. Bei Flut liegt die Sandbank unter Wasser, nur bei Ebbe guckt sie heraus."

Ich fahre mit dem Zeigefinger auf der Seekarte entlang. Unter den Tiefenangaben steht die Zahl 1,3.

„Was bedeutet das?" frage ich Herrn Wegener.

„Das bedeutet, daß der Sand bei Ebbe 1,30 Meter aus dem Wasser herausragt", erklärt er mir geduldig. „Sieh mal, Sabine, die Zahl hier hat keinen Strich. Das heißt, daß der Sand bei Ebbe noch unter Wasser liegt. Z. B. steht hier 0,2. Er liegt also 20 Zentimeter unter Wasser."

Ich blicke aus dem Fenster. Wir haben seit drei Stunden ablaufendes Wasser. Ein kleiner Teil der Sandbank ragt bereits aus den Fluten.

„Wie tief ist das Fahrwasser hier?" fragt Heiko gespannt.

Herr Wegener schaltet das Echolot ein. Sofort leuchtet die Zahl 12,5 auf der Anzeige auf.

„Mann o Mann", staunt Heiko. „Hätte ich nicht gedacht, daß es hier noch zwölf Meter fünfzig tief ist."

Wir passieren gerade Tonne 38. Schräg gegenüber liegt die grüne Tonne mit der Nummer 37.

„Seht nur, wie wild das Wasser um die Tonne wirbelt", macht uns Herr Wegener aufmerksam. „Hier ist der Strom ganz schön reißend. Vor einigen Wochen haben wir an dieser Stelle zwei Paddler aus der Elbe gefischt. Ihr Boot war umgeschlagen."

Ich muß daran denken, daß mein Vater und seine Mannschaft in jedem Jahr vielen Seglern das Leben retten. Manche schreiben später lange Dankesbriefe, andere wiederum halten nicht mal ein Wort des Dankes für nötig. Sie sehen es als selbstverständlich an, daß die Männer vom Zollboot ihr eigenes Leben aufs Spiel setzen, um sie zu retten.

„So, Heiko, jetzt löse ich dich wieder ab. Da vorn kommt Cuxhaven in Sicht. Die *HAMBURG* liegt im Amerikahafen hinter dem Steubenhöft."

Mittlerweile haben Su, Flo, Heike und Bastian auch mitbekommen, daß wir bald da sind. Sie stehen im Steuerhaus und bewaffnen sich mit Ferngläsern.

Die Lagerhallen rücken immer näher heran, und kurze Zeit später biegt die *GLÜCKSTADT* in das Hafenbecken ein. Genau um acht Uhr gehen wir neben der *HAMBURG* längsseits. Ein Zollbeamter, der Wache auf dem Schiff hält, fängt das Tau auf, das Nils ihm zuwirft.

Die *HAMBURG* ist 38 Meter lang, also ganze sechs Meter länger als die *GLÜCKSTADT*. Und sie ist auch viel höher. Wir müssen die Köpfe in den Nacken legen, wenn wir zu ihrem Steuerhaus hinaufsehen wollen.

„So, Kinder", ruft mein Vater uns zu, „wir steigen um! Vergeßt eure Sachen nicht."

Aufgeregt stürzen wir zu unseren Taschen. Bandit maunzt laut, als ich meine Reisetasche hochhebe. Zum Glück achtet bei dem Hin und Her niemand darauf.

Fiete, unser Koch, hat das meiste Gepäck. Die ganze Verpflegung, die er für zwei Tage eingekauft hat, muß mit auf das andere Schiff. Die Männer reichen einen Karton nach dem anderen hinüber. Selbst Flo und Su werden von ihnen samt Tasche und Schlafsack wie ein Paket hinübergehoben.

Bastian, Heiko, Heike und ich protestieren allerdings energisch gegen diese Behandlung. Schließlich sind wir alt genug, um allein von einem Schiff auf das andere klettern zu können.

„So", sagt Papa, als wir mit unseren Klamotten wohlbehalten an Deck der *HAMBURG* stehen, „am besten, ich zeige euch zuerst eure Kabinen, damit ihr eure Sachen verstauen könnt."

Er geht voraus, einen langen Gang entlang und dann eine schmale Treppe hinunter.

Mein Vater deutet auf zwei gegenüberliegende Türen am

Ende des Ganges. „Eine Kabine ist für die Jungen und eine für die Mädchen. Allerdings gibt es nur zwei Kojen in jeder Kabine. Su und Flo, ihr seid ja nicht so lang, ihr könnt auf der Couch schlafen."

Damit läßt uns Papa allein. Er hat auf der Brücke zu tun.

Wir einigen uns, daß wir Mädchen die Steuerbordkabine nehmen, während die Jungen in die Backbordkabine ziehen.

Neugierig blicken wir uns in dem Raum um. So komfortabel haben wir uns das gar nicht vorgestellt. In der Kabine gibt es einen eingebauten Wandschrank, ein doppelstöckiges Bett, eine Couch, vor der ein kleiner Tisch steht, und ein Waschbecken. Zu unserem Entzücken entdecken wir ein richtiges rundes Bullauge.

Heike wirft ihren Schlafsack auf die untere Koje. „Super ist das hier", sagt sie strahlend.

Su wirft sich gleich der Länge nach auf die Couch, um auszuprobieren, ob die Couch auch lang genug für sie ist. Ich stelle die Reisetasche auf den Tisch und öffne den Reißverschluß.

„Bandit, komm", locke ich meinen Kater.

Zuerst erscheinen zwei weiße Pfoten, dann ein Kopf, und schließlich springt der schwarze Kater mit einem Satz aus der Tasche. Ich sehe ihm an, daß er froh ist, endlich seinem engen Gefängnis entkommen zu können. Aufgeregt wandert er durch die Kabine und beschnuppert jede Ecke.

Ich hole eine Plastikschüssel aus dem Koffer und fülle sie mit Wasser. Bandit stürzt sich gleich gierig darauf und trinkt die Schüssel fast leer. Kein Wunder, daß er Durst gehabt hat nach den vielen trockenen Katzenkeksen.

Heike holt den Vogelkäfig aus ihrer Tasche und stellt ihn auf den Tisch. „Meinst du, daß das gutgeht, Sabine, wenn Bandit und Husch in einem Raum schlafen müssen?"

„Hm." Ich ziehe zweifelnd die Stirn kraus. „Am besten ist es wohl, wenn du den Käfig mit Husch heute abend in die Kabine der Jungen stellst."

Bandit streicht um meine Beine, aber anstatt zu schnurren, wie er es sonst immer macht, maunzt er mich klagend an. Er ist beleidigt, weil ich ihn so lange in der Tasche eingesperrt habe. Ich nehme ihn auf den Arm und streichele über sein Fell.

„Tut mir leid, Bandit", entschuldige ich mich. „Aber es ging nicht anders."

Da klopft es an unsere Kabinentür, und im selben Moment wird sie auch bereits aufgerissen. Flo steckt seinen Lockenkopf herein.

„Seid ihr fertig?" ruft er ungeduldig. „Wir wollen uns das Schiff ansehen!"

„Wir kommen sofort." Ich schließe die Tür sorgfältig hinter uns, damit Bandit nicht entwischen kann, und dann gehen wir auf Besichtigungstour. Wir haben das Schiff vor einigen Wochen am Tag der offenen Tür zwar schon einmal ansehen dürfen, aber da wimmelte es an Bord nur so von Menschen. Heute ist es etwas Besonderes. Heute gehört es uns allein. Wenigstens tun wir so, als ob es uns gehörte.

Wir schlendern den schmalen Gang entlang, an den anderen Kabinen vorbei, und steigen den Niedergang hinauf. Neben der Treppe befinden sich Dusche und Toilette. Wieder stehen wir in einem langen Gang. Vorn liegt der Aufenthaltsraum oder die Messe, wie es auf einem Schiff heißt. Gleich daneben befindet sich die Küche. Wir werfen einen kurzen Blick hinein. Fiete verstaut gerade die Vorräte im Kühlschrank.

Bastian späht durch die nächste offenstehende Tür

„Nobel, nobel", meint er und pfeift anerkennend durch die Zähne. „Schätze, hier wohnt der Kapitän."

Nachdem wir alle das Schlafzimmer und das Arbeitszimmer meines Vaters bestaunt haben, wandern wir zum Ende des Ganges. Rechts und links führt je eine Tür an Deck und eine Treppe zum Maschinenraum, die wir neugierig hinuntersteigen.

Anders als auf der *GLÜCKSTADT* gibt es hier außerhalb des Maschinenraums einen schallgedämpften Motorenkontrollraum. Hier steht ein langes Schaltpult, vor dem immer einer der Ingenieure sitzt, wenn sich das Schiff auf Fahrt befindet.

Ich starre auf die vielen Schildchen auf dem Schaltpult. Da steht z.B. „Ruderanlage“, „Kühlwasser“, „Motordrehzahl“, „Schmieröldruck“. So geht es endlos weiter, und daneben befinden sich lauter grüne, rote und schwarze Knöpfe. Mir wird ganz wirr im Kopf, als ich auf das Gewimmel sehe.

Die drei Ingenieure lassen gerade die Maschinen an.

„Motor läuft, alles klar“, melden sie.

Heiko stößt mich an. „Los, wir müssen auf die Brücke! Sonst verpassen wir noch die Abfahrt.“

Wir flitzen den Niedergang hinauf, hasten durch den langen, schmalen Gang und stoßen beinahe mit Fiete zusammen, der gerade mit einem Stapel Teller im Arm aus der Küche herauskommt. Bevor er überhaupt richtig begreift, was los ist, sind wir schon an ihm vorbei und springen, immer zwei Stufen auf einmal nehmend, die Treppe zur Brücke hinauf.

Im Steuerhaus der *HAMBURG* können sich mindestens zehn Leute aufhalten, ohne daß einer dem anderen im Weg steht. Wir sehen zu, wie Nils und Björn die Leinen losmachen.

Langsam gleitet die *HAMBURG* aus dem Hafenbecken, während die *GLÜCKSTADT* jetzt so lange hier liegenbleibt, bis wir morgen nachmittag zurückkommen. Wir stehen an der Reling und blicken zu den Häusern von Cuxhaven hinüber, die immer kleiner werden. Schließlich bleibt auch die Kugelbake an Backbordseite zurück. Das feste Land verschwindet.

„Mensch, wir sind wirklich auf der Nordsee“, sagt Flo verwundert, als könne er es noch gar nicht glauben.

„Das hättest du dir auch nicht träumen lassen, daß du so schnell nach Helgoland kommst, was, Flo?“ meint Heiko.

„Jetzt bin ich gespannt auf den Seeräuberschatz“, kräht Su munter.

„Auf welchen Schatz?“ fragt Heike verwundert.

„Na, Flo hat doch erzählt, daß der Pirat Klaus Störtebeker auf

Helgoland gehaust hat und daß es da bestimmt noch Schätze gibt."

„Quatsch." Bastian winkt geringschätzig ab. „Flo spinnt mal wieder. Auf Helgoland gibt's garantiert keine Schätze mehr."

Flo, der sich jedesmal ärgert, wenn Bastian ihn so herunterputzt, schiebt trotzig die Unterlippe vor. „Und es gibt doch einen Schatz. Du wirst es schon sehen."

Als Bastian spöttisch lacht, kommt Su Flo zu Hilfe. „Du brauchst gar nicht zu lachen, Bastian. Es stimmt, was Flo sagt."

„Und wo soll sich dieser sagenhafte Schatz befinden?" fängt nun auch Heiko an zu frotzeln.

„In einer Höhle." Su reckt herausfordernd ihre kleine Stupsnase in die Luft. „Nicht wahr, Flo, Schätze sind immer in einer Höhle?"

Flo nickt eifrig, während Bastian und Heiko nur mitleidig lächeln. Su und Flo sind eben noch halbe Babys. Sie glauben noch an Märchen. Da kann man nichts machen.

Ich fürchte, wir hätten uns noch ernsthaft gestritten, wenn Papa nicht gerufen hätte.

„Hallo, ihr sechs, es gibt Frühstück! Geht mal runter in die Messe."

Das lassen wir uns nicht zweimal sagen, denn Hunger verspüren wir inzwischen alle. Fiete hat eine Riesenplatte mit belegten Brötchenhälften auf den Tisch gestellt. Für die Männer gibt es Kaffee und für uns Kakao.

Im Moment sind wir allerdings die einzigen Gäste, denn die Männer haben noch im Maschinenraum und auf der Brücke zu tun.

„Laßt es euch schmecken!" ruft Fiete uns zu.

Als er wieder in der Küche verschwindet, wickele ich rasch zwei Wurstscheiben in eine Serviette und stecke sie in die Hosentasche. Die sind für Bandit. Er freut sich bestimmt, wenn er außer Keksen auch mal was anderes zum Fressen bekommt.

Heike holt Husch unter ihrem Sweatshirt hervor und setzt

ihn auf den Tisch. Der Hamster macht neugierig Männchen, so daß wir sein weißes Bäuchlein sehen können. Seine schwarzen Knopfaugen blicken flink umher, und seine Tasthaare bewegen sich aufgeregt.

Flo zerkrümelt sein Brötchen für ihn. Auf seinen kurzen Beinen rennt Husch zu Flos Teller und stopft die Brötchenkrümel in seine Backentaschen, die immer dicker werden. Das sieht so putzig aus, daß wir laut lachen müssen.

„Achtung, Onkel Ulf, Björn und Nils kommen", warnt Bastian, der der Tür am nächsten sitzt, plötzlich.

Heike kann ihren Liebling gerade noch unter ihrem Sweatshirt verbergen, bevor die Männer hereinkommen.

## Aufgelaufen

Nach dem Frühstück bestimmt mein Vater, daß wir uns in der Küche ein wenig nützlich machen sollen. Mit uns sechs zusätzlich an Bord hat der Koch eine Menge Arbeit mehr. Das sehen wir natürlich ein.

Heike räumt mit Fiete den Tisch ab. Bastian schiebt sich die Pulloverärmel hoch und spült das Geschirr. Er macht dabei zwar nicht gerade ein begeistertes Gesicht, aber er murrt wenigstens nicht. Su und Flo trocknen ab. Heiko und ich bleiben verschont, aber nur, weil wir versprechen, daß wir dafür nach dem Mittagessen abwaschen.

Ich schleiche mich in unsere Kabine und pule für den Kater die Wurstscheiben aus der Serviette. Bandit liegt auf Heikes Koje und wendet beleidigt den Kopf ab. Aber als ich ihm die Wurstscheiben verlockend unter die Nase halte, besinnt er sich plötzlich eines anderen, springt vom Bett und verzehrt sie genüßlich.

„Vielleicht können wir dich in Helgoland mal an Land



5 4046-8

schmuggeln“, rede ich meinem Kater zu, denn ich habe nun doch ein schlechtes Gewissen, weil er die ganze Fahrt über in der Kabine eingesperrt bleiben muß.

Plötzlich muß ich an Mama denken. Inzwischen hat sie bestimmt meinen Zettel mit der Nachricht im Küchenschrank gefunden. Ob sie wohl böse auf mich ist? Ich verscheuche den unangenehmen Gedanken und blicke aus dem Fenster.

Hinter dem Bullauge strömen die Wellen vorbei. Gischt spritzt ab und zu an die Scheibe. Die Kabine liegt so tief im Schiffsbauch, daß ich gerade eben über die Wellenkämme hinwegsehen kann.

Ich sage Bandit tschüs und steige zum Steuerhaus hinauf. Auf der Brücke befinden sich drei Männer. Björn steht hinter dem Ruder, Nils hantiert im Kartenraum herum, und Herr Wegener schaltet gerade das Radargerät ab. „Das brauchen wir nicht mehr“, meint er zufrieden, „denn der Nebel löst sich auf.“

„Kuddels Zehe hat recht gehabt.“ Heiko greift freudestrahlend zum Fernglas.

Die dicken Nebelschwaden, die bis jetzt dicht über dem Wasser hingen, fliegen plötzlich wie von Geisterhand gezogen davon. Schon zwängen sich die ersten Sonnenstrahlen hindurch. Das graue, düstere Wasser der Nordsee leuchtet auf einmal dunkelblau. Kleine Schaumkronen reiten auf den Wellenkämmen. Die *HAMBURG* fängt an zu schaukeln. Ich muß mich breitbeinig hinstellen, damit ich das Gleichgewicht nicht verliere.

„Wo befinden wir uns jetzt eigentlich?“ erkundige ich mich.

„Steuerbord kommt gleich Tonne sechsundzwanzig in Sicht“, erklärt mir Björn. „Da zweigt das Fahrwasser nach Friedrichskoog ab.“

Ich hole mir auch ein Fernglas. Jetzt kann ich die rote Tonne deutlich erkennen. Rechts von ihr breitet sich das Watt aus, eine endlose, dunkle Fläche, die nur bei Flut vom Wasser überspült wird. Das Wattenmeer befindet sich zwischen der Küste und den Inseln. Es spendet Lebensraum für Tausende von Seevögeln und andere Lebewesen. Aber wie lange noch?

Giftige Stoffe, Unmengen von Schutt und Müll und die Abfälle der Industrie zerstören das Leben im Wattenmeer langsam, aber sicher. Mein Vater sagt immer, wenn die einzelnen Länder nicht endlich mit wirksamen Gesetzen die Nordsee schützen, wird sie wohl bald zu einem Meer voll Schmutz werden. Er und seine Männer sind immer ganz schön wütend, wenn sie ohnmächtig mit ansehen müssen, wie von den Verklappungsschiffen hochgiftige Abfallstoffe vor Helgoland ins Meer versenkt werden. Er kann leider nichts dagegen unternehmen, weil es von der Regierung genehmigt ist.

„Mensch", schreit Heiko plötzlich aufgeregt, „da vorn liegt ein Segelboot ganz schräg im Wasser!"

„Wo?" fragen die Männer gespannt.

Heiko nimmt das Fernglas von den Augen und deutet mit dem Arm in die Richtung.

„Ja", Herr Wegener nickt, „es sieht so aus, als ob die Jacht aufgelaufen ist. Da drüben ist das Wasser bei Ebbe viel zu flach."

„Nils", ruft er zum Kartenraum hinüber, „frag mal über Funk an, ob sie unsere Hilfe brauchen."

Während Nils über Funk Verbindung mit der Jacht aufnimmt, beuge ich mich über den Niedergang und rufe aufgeregt: „Bastian, Heike, Flo, Su, auf der Sandbank sitzt eine Jacht fest."

Dieses Ereignis dürfen sie doch nicht verpassen!

Die Freunde lassen Geschirr Geschirr sein und hasten die Treppe hinauf. Mein Vater erscheint ebenfalls auf der Brücke. Björn hat ihn über die Sprechanlage verständigt.

Kurze Zeit später befinden sich alle Besatzungsmitglieder im Steuerhaus, außer dem Ersten Ingenieur, der seinen Platz vor dem Schaltpult im Maschinenraum nicht verlassen darf.

„Die Jacht sitzt fest", berichtet Nils aus dem Kartenraum. „Sie sind im Nebel zu dicht herangefahren. Wenn wir sie nicht runterziehen, sitzen sie bald ganz auf dem Trockenen. Das Wasser läuft noch ab."

„Immer dasselbe mit den Seglern", schimpft mein Vater. „Sie haben kein Radar an Bord und wagen sich trotzdem bei Nebel auf die Nordsee. Letztes Jahr haben wir einen Segler getroffen, der von uns wissen wollte, wo er sich überhaupt befindet. Der gute Mann wollte nach Helgoland, hatte aber die Insel im Nebel nicht gefunden. Als er unsere ungläubigen Gesichter sieht, fügt er hinzu: „Das ist übrigens kein Seemannsgarn."

Inzwischen sind wir näher herangekommen, und ich kann durch das Fernglas deutlich den Namen der weißen Jacht erkennen.

Überrascht stoße ich Heike, die mir am nächsten steht, in die Seite. „Das ist die *POSEIDON*!" rufe ich aufgeregt.

„*POSEIDON*?" fragt Papa erstaunt. „Ist das nicht die Jacht, von der ihr mir gestern erzählt habt?"

„Ja!" Ich nicke.

„Maschine stopp", befiehlt mein Vater. „Näher können wir nicht ran. Nils und Björn, ihr fahrt mit dem Schlauchboot rüber. Wir ziehen die Jacht in tiefes Wasser, bevor sie ganz auf dem Trockenen liegt."

Wir drängen uns auf dem Oberdeck zusammen, um zuzusehen, wie das Beiboot zu Wasser gelassen wird.

Die Männer lösen die Persenning vom Schlauchboot und befestigen es dann am Davit, am Schiffskran. Nils und Björn steigen ein und schweben über die Reling. Nachdem das Boot auf dem Wasser aufgesetzt hat, klinkt Nils die Leine aus, und Björn startet den Außenbordmotor. Das Schlauchboot zischt davon. Weil es kaum Tiefgang hat, kann es bis an die *POSEIDON* heranfahren, die bereits ganz schräg in dem nur noch wenige Zentimeter tiefen Wasser liegt.

Heiko schwenkt begeistert die Arme. „Ich wäre zu gern mal mit dem Schlauchboot gefahren."

„Ich auch“ sage ich. Aber da mein Vater uns das Mitfahren verboten hat, bleibt uns nichts anderes übrig, als das ganze Manöver durch die Ferngläser zu beobachten. Ganz deutlich erkenne ich jetzt den Skipper mit dem Seehundsbart. Und da erscheinen auch Jörg und Bruno, die beiden Jüngeren, an Deck der Jacht. Sie nehmen die Leine, die Nils ihnen zureicht, und befestigen sie an einer Klampe.

Mein Vater, der neben uns an Deck steht und die Hilfaktion beobachtet, hebt den Arm. „Langsame Kraft voraus!“ ruft er Herrn Wegener zu, der sich allein auf der Brücke befindet. Die *HAMBURG* setzt sich langsam in Bewegung. Wir beobachten gespannt, wie sich die *POSEIDON* mühsam aufrichtet und wie ein folgsamer Hund an der Leine dem Zollkreuzer in tieferes Wasser folgt.

Der Skipper wirft den Männern im Schlauchboot die Leine zu. Die Jacht ist uns jetzt so nahe gekommen, daß wir die drei Typen an Deck auch ohne Fernglas erkennen können.

Plötzlich legt Su beide Hände als Sprachrohr an den Mund und ruft keck zu dem weißen Segelboot hinüber: „Haben Sie heute schon was geschmuggelt?“

Die drei Typen starren uns an, als hätte sie der Schlag getroffen. Ich sehe ihnen an, daß Sus Worte ihnen einen gehörigen Schrecken versetzt haben.

Der Skipper mit dem Seehundsbart fängt sich zuerst. Er grinst verlegen. „Welch eine Überraschung! Euch kenne ich doch. Was macht ihr denn auf dem Zollkreuzer?“

„Mein Vater ist der Kapitän.“ Stolz zeigt Su auf Papa, der neben ihr an der Reling lehnt.

„Da haben wir also die Schmugglerjacht“, mischt sich mein Vater in das Gespräch ein. „Und die drei Schmuggler noch dazu, die den Zollbeamten immer wieder durchs Netz schlüpfen.“

Der Skipper lacht so dröhnend, daß sein Bart auf und ab wippt. „Aha, ich merke schon, die Kinder haben Ihnen von unserem gestrigen Gespräch im Café erzählt. Das war natürlich nur ein Scherz, Käpt'n, ist ja klar. Wir konnten unmöglich ahnen, daß die Kinder alles gleich für bare Münze nehmen." Er gibt seiner Stimme einen betont forschen Klang, aber ich merke trotzdem, daß er sich ganz schön unwohl in seiner Haut fühlt.

Als mein Vater nicht antwortet, bedankt er sich überschwenglich für die Hilfe. Papa winkt nur kurz ab. Da wendet sich der Skipper erleichtert zu Jörg und Bruno um. „Los, bewegt euch", herrscht er sie an. „Setzt das Großsegel und die Fock, sonst treiben wir wieder an die Sandbank."

Björn und Nils kommen mit ihrem Schlauchboot längsseits und werden mit Hilfe des Krans wieder an Bord gehievt.

„Die Jacht ist unbeschädigt", meldet Nils meinem Vater. „Die drei haben großes Glück gehabt, daß wir vorbeikamen. Sonst hätten sie noch einige Stunden bis zum nächsten Hochwasser auf der Sandbank ausharren müssen."

„Und das wollen Schmuggler sein!" stößt Heiko verächtlich hervor. „Hängen gleich auf der ersten Sandbank fest und müssen vom Zollkreuzer gerettet werden."

„Muß ja richtig peinlich für die sein." Heike grinst.

„Ich habe euch doch gleich gesagt, daß das nur ein paar Spinner sind." Bastian verzieht geringschätzig den Mund. „Die wollten sich mit ihrem Gerede vom Schmuggeln doch nur bei uns wichtig machen und hatten ihren Spaß daran, daß wir ihnen auch noch geglaubt haben."

„Hm", brumme ich nur. Ich bin nicht derselben Meinung wie Bastian. Aber ich schweige lieber, denn ich habe ja keinerlei Beweise, daß die Männer vielleicht doch Schmuggler sind.

Wir blicken zu der weißen Jacht hinüber, die jetzt Segel gesetzt hat, aber trotzdem immer weiter im Kielwasser der *HAMBURG* zurückbleibt.

„Ich bin gespannt, ob wir die auf Helgoland wiedersehen", meint Heike nachdenklich.

Wir schlendern ins Steuerhaus zurück. An der linken Seite

taucht gerade die Insel Neuwerk mit dem plumpen, viereckigen Leuchtturm auf, der schon einige hundert Jahre alt ist. Kurze Zeit später sehen wir die Insel Scharhörn, die unbewohnt ist. Nur eine Vogelwarte gibt es dort.

„Wann kommt denn Helgoland in Sicht?“ fragt Flo ungeduldig.

„Flo kann es kaum erwarten, endlich den Piratenschatz zu finden“, spottet Bastian.

„Schätze gibt es auf Helgoland leider nicht“, meint Herr Wegener.

Aber Flo läßt sich nicht von seiner Meinung abbringen. Wo Piraten früher ihre Schlupfwinkel hatten, muß es auch einen Schatz geben, das ist doch sonnenklar! Wenigstens steht es so immer in den Abenteuerbüchern, die Flo mit heißen Wangen verschlingt. In seiner Phantasie hat er schon mehrere Schätze ausgegraben – nur in der Wirklichkeit will es zu seinem Kummer nicht so richtig klappen.

## Husch sorgt für Aufregung

Wir sitzen mit erwartungsvollen Gesichtern an dem langen, gedeckten Tisch in der Messe. Fiete trägt dampfende Schüsseln mit Kartoffeln, Bohnen und Soße herein und eine riesige Platte mit Bratenscheiben.

„Guten Appetit“, wünscht mein Vater, der am Kopfende des langen Tisches sitzt, und füllt sich Kartoffeln auf den Teller.

Wir greifen ebenfalls zu und stellen zu unserer Überraschung fest, daß das Auftun gar nicht so einfach ist. Hier auf der Nordsee sind höhere Wellen als bei uns zu Hause auf dem großen Fluß. Die *HAMBURG* holt manchmal stark über. Dann schwankt der ganze Tisch, und die Teller und Schüsseln schwanken natürlich mit. Flo wird auf einmal ganz blaß, als ich ihm die Schüssel mit den Bohnen reiche.

„Ich. . . ich glaube, ich kann nichts essen“, stammelt er käseweiß.

Su betrachtet ihn interessiert. „Bist du etwa seekrank, Flo?“

Mein Vater wirft ihm einen prüfenden Blick zu. „Am besten, du legst dich eine Weile oben im Steuerhaus auf die Bank, Flo. Dann fühlst du dich bald wieder besser.“

Papa hat noch nicht zu Ende gesprochen, da taucht Flo bereits wie ein Unterseeboot unter dem Tisch hindurch und verschwindet Hals über Kopf. Kartoffeln und Schweinebraten bleiben unberührt auf seinem Teller liegen.

Mir schmeckt es ausgezeichnet, obwohl ich zugeben muß, daß es ein komisches Gefühl im Magen ist, wenn man beim Essen immer hin und her schwankt. Nach den Mengen, die Heiko vertilgt, scheint es ihm ebenfalls zu schmecken, und selbst Su stopft mit Todesverachtung ein Stück Fleisch nach dem anderen in ihren Mund. Aber bevor sie noch ihren Teller halb leer gegessen hat, wirft sie ebenfalls das Handtuch. Sie hält plötzlich die Hand vor den Mund und verschwindet genauso schnell wie Flo.

„Ja, sagt mal“, tut Fiete empört, als auch Bastian ohne ein Wort aufsteht, „schmeckt euch etwa mein Essen nicht?“

„Doch, ausgezeichnet, wirklich super“, versichern Heiko, Heike und ich ihm, worauf er sich befriedigt die Hände reibt.

Zum Nachtisch schleppt Fiete eine Riesenschüssel mit gekochten Pflaumen herein. „Ulf“, sagt er mit vor Empörung rotem Gesicht, „in meiner Küche ist eine Maus.“

Mein Vater blickt erstaunt auf. „Das gibt's doch nicht.“

„Doch“, versichert Fiete ernsthaft. „Ich hatte eine angebrochene Tüte mit Erdnüssen auf dem Schrank liegengelassen. Die Tüte ist noch da, aber die Nüsse sind alle verschwunden. Sogar der Kochlöffel ist angenagt. Eben, als ich die Schüssel mit den Pflaumen holte, habe ich das Biest gerade noch hinter dem Kühlschrank verschwinden sehen.“

„Wenn das so ist“, meint mein Vater, „müssen wir eben eine Mausefalle aufstellen.“

Bei dem Wort Mausefalle wird Heike auf einmal ganz blaß. Sie fährt mit der Hand unter ihr Sweatshirt und wirft Heiko und mir verzweifelte Blicke zu.

„Was hast du denn, Heike?“ fragt Heiko verwundert. „Wirst du etwa auch seekrank?“

Heiko hat manchmal wirklich eine lange Leitung. Ich habe sofort kapiert, was los ist. „Husch ist entwischt“, flüstere ich ihm zu.

„Heike, fühlst du dich nicht wohl?“ erkundigt sich mein Vater teilnahmsvoll. „Du bist ja auf einmal so blaß.“

„Nein“, wehrt Heike rasch ab. „Mir geht's gut.“

„Na, ich weiß nicht so recht.“ Damit steht Papa auf und geht auf die Brücke, um Herrn Wegener am Ruder abzulösen, damit er auch etwas essen kann.

Heiko verputzt in aller Seelenruhe eine Pflaume nach der anderen, als ginge ihn das Schicksal des Goldhamsters nichts an, während Heike und ich wie auf heißen Kohlen sitzen und darauf warten, daß die Männer fertig gegessen haben. Kaum sind sie aufgestanden, stürzen wir uns sofort auf das Geschirr und bringen es in die Küche.

„Wie konnte Husch nur entwischen?“ frage ich meine Freundin.

Heike schüttelt den Kopf. „Das weiß ich auch nicht. Er muß aus meiner Tasche geklettert sein, ohne daß ich etwas gemerkt habe. Mensch, Sabine“, sie schnauft, noch immer geschockt. „ich dachte, mein Herz bleibt stehen, als Fiete von der Maus erzählt hat und Husch nicht mehr unter meinem Sweatshirt saß. Nicht auszudenken, wenn er eine Falle aufgestellt hätte und Husch…“ Heike stockt. Sie mag das Schreckliche nicht aussprechen. Ich kann ihr gut nachfühlen, wie ihr zumute ist, weiß ich doch, wie sehr sie an dem kleinen Goldhamster hängt.

Heiko stellt einen Stapel schmutziger Teller auf den Schrank.

„Husch sorgt ja ganz schön für Aufregung." Er kichert. „Da wird Fiete sich aber wundern, wenn er in seiner Mausefalle nichts fängt." Er unterbricht sich, weil der Koch in die Küche kommt. „Spülst du das Geschirr, Sabine? Dann trockne ich ab."

Fiete, der helfen will, wird von uns kurzerhand aus der Küche verbannt, damit Heike ungestört ihren Hamster suchen kann.

Während Heiko und ich seufzend die Riesenstapel schmutziger Teller betrachten und Heike auf allen vieren auf dem Fußboden herumkriecht, sitzt Fiete, mit über dem Bauch gefalteten Händen, friedlich auf der Bank in der Messe und hält ein Nikkerchen.

Heike lockt Husch schließlich mit Hilfe von Sonnenblumenkernen hinter dem Kühlschrank hervor. Sie nimmt den kleinen Ausreißer in die Hand und streichelt zärtlich über sein goldbraunes Fell.

„Das ging ja noch mal gut." Sie seufzt erleichtert. „Nicht auszudenken, wenn Fiete ihm was getan hätte." Bei dem schrecklichen Gedanken an die Mausefalle wird sie wieder ganz blaß.

„Wie kann er den niedlichen Hamster nur für eine Maus halten", empöre ich mich!

Heike ist noch immer so fix und fertig, daß ich sie erst einmal aus der Küche schicke, damit sie sich wieder ein bißchen beruhigen kann.

Heiko und ich bleiben zurück und waschen vierzehn Teller, Messer, Gabeln, Löffel und etliche Töpfe ab. Als die Küche endlich wieder blitzblank aussieht, atmen wir erleichtert auf.

„Puh, jetzt aber nichts wie raus", stöhnt Heiko. „Ich mag keine Küche mehr sehen. Wenn ich noch eine Minute länger hierbleibe, werde ich auch seekrank."

Ich stimme ihm zu. Wir steigen auf das Oberdeck, lehnen uns neben dem Steuerhaus an die Reling und atmen tief die salzige Luft ein. Ein Schwarm Austernfischer fliegt über uns hinweg. Wir können deutlich ihre langen, roten Schnäbel erkennen.

„Flo, komm schnell!“ ruft Heiko plötzlich und reißt die Tür zur Brücke auf.

„Was ist denn los?“ fragt Flo träge.

Er und Su liegen lang ausgestreckt auf der gepolsterten Bank im Steuerhaus. Die beiden sehen richtig elend aus, während es Bastian anscheinend wieder bessergeht. Wenigstens ist sein Gesicht nicht mehr so blaß.

„Helgoland in Sicht!“ schreit Heiko.

Dieses Zauberwort bringt Flo augenblicklich auf die Beine. Er vergißt seinen streikenden Magen, springt auf und läuft an Deck. Selbst Su rappelt sich hoch und folgt ihm.

Gespannt blicken wir in die Richtung, in die Heikos ausgestreckter Arm zeigt. Am Horizont taucht eine graue Masse auf, die immer höher aus dem Meer emporwächst, je näher der Zollkreuzer herankommt. Plötzlich verwandelt sich die graue Färbung in eine rote. Fast senkrecht steigt der rote, hohe Felsen aus dem Meer auf.

Ganz zappelig vor Aufregung deutet Flo auf die vorspringenden Klippen. „Da gibt es bestimmt Höhlen!“ In Gedanken hat er bereits einen Piratenschatz entdeckt.

Schon von weitem ist der rote Leuchtturm zu sehen, der oben auf dem Felsen steht. All die blauen, gelben und grünen Farbtupfer entpuppen sich als Häuser, die eng aneinandergeschmiegt auf dem Ober- und Unterland stehen.

Flo starrt mit offenem Mund und großen Augen zur Insel hinüber. Der Wind zerzaust seine blonden Locken, um die Su ihn immer glühend beneidet.

„Mann, o Mann“, stößt er total überwältigt hervor. „Ich habe gar nicht gedacht, daß der Felsen so hoch ist.“ Auf einmal bekommt sein Gesicht wieder Farbe. Die Seekrankheit ist vergessen. „Richtig unheimlich, wenn ich mir vorstelle, daß hier früher Piraten ihren Schlupfwinkel hatten.“

*„Helgoland in Sicht!"*

„Helgoland war noch bis Anfang des neunzehnten Jahrhunderts ein Schmugglernest“, erzählt mein Vater. „Aus aller Welt brachten Schiffe ihre Waren nach Helgoland. Sie wurden hier auf kleinere Boote umgeladen und bei Nacht und Nebel an die Küste gebracht. Selbst heute soll es hier ja noch Schmuggler geben“, fügt er augenzwinkernd hinzu. „Wenn ich so an die drei Typen von der *POSEIDON* denke. . .“

„Früher sah es hier bestimmt anders aus als heute“, meint Bastian. „Da gab's noch nicht so viele Touristen.“

Er deutet zu den vier weißen Seebäderschiffen hinüber, die vor der Insel ankern. Die Touristen werden von den Helgoländern mit kleinen Booten von den Schiffen abgeholt und zur Insel gefahren.

„Warum legen die Ausflugsdampfer nicht im Hafen an der Pier an?“ wundert sich Heiko.

„Es ist ein altes Recht der Helgoländer, daß sie Waren und Leute von den Schiffen abholen dürfen. Damit haben sie sich früher, als es noch keine Hafenanlagen gab, ihr Geld verdient, und darauf wollen sie heute nicht verzichten“, erklärt mein Vater. „Andererseits macht das Ausbooten den Touristen auch viel Spaß.“

Inzwischen ist die *HAMBURG* um den Molenkopf gebogen und läuft in den Südhafen ein. Uns dauert das alles viel zu lange. Wir wollen endlich an Land.

„So“, sagt Papa, als der Zollkreuzer fest vertäut an der Pier liegt. „Wenn ihr Lust habt, könnt ihr euch jetzt die Insel ansehen. Aber seid pünktlich um sieben Uhr zurück. Dann gibt es Abendessen. Ich habe noch zu arbeiten und kann leider nicht mit euch kommen. Aber wie ich euch kenne, seid ihr auch lieber allein.“

„Aye, aye, Sir!“ ruft Heiko übermütig.

„Pst, kommt mal alle her.“ Mit geheimnisvoller Miene versammle ich die Freunde um mich.

„Ich will Bandit mit an Land nehmen. Der Arme ist schon seit heute morgen in der Kabine eingesperrt. Ihr müßt Schmiere stehen, damit mich niemand von den Männern mit dem Kater sieht."

„Okay, Sabine." Bastian nickt. „Zisch ab und hol ihn. Wir passen schon auf."

In der Kabine kostet es mich große Mühe, meinem Kater klarzumachen, daß ich ihm ein Halsband umlegen muß, wenn er mit an Land will. Er maunzt ärgerlich, aber schließlich habe ich es doch geschafft. Aufatmend befestige ich die rote Leine am Halsband und nehme Bandit auf den Arm. Su, die am Niedergang Ausschau hält, winkt mir eifrig zu.

Ich husche die Treppe hinauf, an der Messe vorbei, wo Heike gerade die Männer mit Fragen ablenkt. Vor der Küchentür hat Heiko Posten bezogen. Er paßt auf, daß Fiete, der dort Kaffee kocht, nicht herauskommt. Flo hält vor dem Arbeitszimmer meines Vaters Wache, während Bastian das Deck im Auge behält. Als er mir durch Handzeichen zu verstehen gibt, daß die Luft rein ist, husche ich wie ein Wiesel den Gang entlang, steige an Deck und klettere mit Bandit auf dem Arm, der sich ängstlich an meiner Schulter festkrallt, die Sprossen an der Mauer hinauf.

Sicherheitshalber entferne ich mich noch ein Stück vom Schiff, bevor ich aufatmend stehenbleibe und auf die Freunde warte. Uff, das wäre geschafft!

## In der Schatzhöhle

In bester Laune schlendern wir am Hafen entlang, vorbei an den schmalen, bunten Häuschen, die die Fischer zuerst bewohnten, als sie nach dem Krieg ihre zerstörte Insel wieder aufbauten, und in denen sie heute nur noch ihre Netze und Hummerkörbe aufbewahren. Wenn wir über die Straße gehen, brauchen wir weder nach links noch nach rechts zu gucken, denn auf Helgoland gibt es keine Autos.

Je näher wir der Landungsbrücke kommen, um so dichter wird das Menschengewühl. Die vielen Touristen fahren mit den Seebäderschiffen für einige Stunden vom Festland herüber, wandern einmal um die Insel und kaufen die Läden leer.

Bastian deutet auf die Farben der Helgoländer Flagge, die vor dem Kurhaus weht. „Rot ist die Kant, grün ist das Land, weiß ist der Sand, das sind die Farben von Helgoland", deklamiert er mit so lauter Stimme, daß sich sogar einige Leute nach uns umdrehen.

„Toll, Bastian." Su himmelt ihn richtig an. „Du kannst ja auch reimen."

„Ja, denkst du vielleicht, nur du kannst dichten?" ruft Bastian großtuerisch.

„Der Reim ist aber nicht von dir, Bastian", wirft Flo trocken ein. „Den habe ich schon mal in einem Buch über Helgoland gelesen."

Bastian bleibt nichts übrig, als kleinlaut zuzugeben, daß der Vers nicht von ihm stammt.

„Nachplappern kann jeder!", schnaubt Su empört. „Und ich dachte schon, du hast es selbst gedichtet."

„Los, kommt weiter", befiehlt Bastian kurzerhand, dem die Sache jetzt unangenehm ist.

Ich nehme meinen Kater auf den Arm, weil er einfach nicht in die Richtung gehen will, in die wir wollen, sosehr ich auch an der Leine ziehe. Bandit legt die Vorderpfoten über meine Schulter und betrachtet interessiert die vorübergehenden Leute. Wenn er einen Hund entdeckt, fängt er an zu fauchen, und die Haare stehen ihm zu Berge. Dann muß ich ihn besonders gut festhalten, damit er mir nicht plötzlich von der Schulter springt.

Wir schlendern am Kurhaus vorbei, betrachten die Schaufenster der Geschäfte und landen schließlich vor dem Aquarium. Vor dem Eingang befindet sich ein Becken, in dem sich zu Heikes Entzücken zwei Seehunde tummeln.

Ein Seehund schwimmt ganz dicht an den Beckenrand und steckt neugierig seinen Kopf aus dem Wasser. Heike kann ihn kurz streicheln, bevor er wieder untertaucht und elegant seine Runden dreht.

„Seht nur!" ruft Heike plötzlich erschrocken. „Auf der Wasseroberfläche schwimmen zwei spitze Holzstäbchen." Sie beugt sich über den Beckenrand, um die Stäbchen herauszufischen. Aber ihre Arme sind zu kurz.

„Laß mich mal." Bastian schiebt Heike beiseite. Mit seinen langen Armen kann er die Stäbchen erreichen und aus dem Wasser nehmen.

„Wer ist denn nur so gemein und wirft spitze Gegenstände in das Becken?" regt Heike sich auf. „Wenn die Seehunde die Stäbchen fressen, verletzen sie sich doch daran."

„Ihr paßt wenigstens auf", sagt in dem Moment der Aufseher des Aquariums hinter uns. „Obwohl wir ein großes Schild angebracht haben, auf dem steht, daß nichts ins Wasser geworfen werden darf, passiert es leider immer wieder, daß gedankenlose Leute Bierdosen und Kronenkorken ins Becken werfen. Ja, sogar Scherben haben wir schon gefunden. Die Seehunde fressen die Sachen und verenden dann elendiglich. Wollt ihr euch das Aquarium ansehen?"

„Später vielleicht", antworte ich und deute auf meinen Kater, der von meinem Arm heruntergesprungen ist und ungeduldig an der Leine zieht. „Für Bandit ist so ein Besuch wohl nicht das richtige."

„Wir wollen uns zuerst die Insel ansehen", erklärt Flo. „Wir sind nämlich zum erstenmal hier."

„Na, dann will ich euch nicht aufhalten."

„Wie kommen wir denn auf den Felsen hinauf?" fragt Heiko und deutet in die Höhe.

„Ganz einfach", erklärt der Aufseher. „Entweder mit dem Fahrstuhl oder über die Treppen. Ihr könnt hier weitergehen.

Dann kommt ihr automatisch an eine Treppe, die zum Oberland hinaufführt."

Aber als wir dann an der Treppe stehen, bittet Flo plötzlich: „Laßt uns doch unten an den Felsen entlanggehen. Auf dem Oberland entdecken wir bestimmt keinen Schatz."

„Oh, ja." Su ist sofort Feuer und Flamme für Flos Vorschlag.

Bastian zieht die Stirn in dicke Falten und blickt den kleinen Flo mit besorgter Miene an. „So langsam wird das Gefasel von dem Schatz zu einem richtigen Tick bei dir. Wenn das nicht aufhört, mußt du mal zum Psychologen."

Su stemmt herausfordernd die Arme in die Hüften und fährt Bastian grob an. „Wenn hier einer nicht richtig tickt, dann bist du das. Geh du doch zum Pschüchologen." Befriedigt wendet sie sich ab. Jetzt hat sie es ihm aber gegeben! Warum muß er sich auch immer so aufspielen.

Bastian starrt seine kleine Kusine sprachlos an. So viel Frechheit hat er ihr gar nicht zugetraut. Su würdigt ihn keines weiteren Blickes, sondern legt beschützend ihren Arm um Flos Schultern, was ihm sichtlich unangenehm ist.

„Laß die andern doch, Flo. Wir suchen den Seeräuberschatz eben alleine", redet sie ihm zu und und wandert mit ihm am Fuße der Felsen weiter. Uns bleibt nichts anderes übrig, als den beiden zu folgen, denn wir können die Kleinen ja schließlich nicht allein lassen.

Das Schwimmbad und das Kraftwerk bleiben hinter uns zurück. Touristen sehen wir schon seit längerer Zeit nicht mehr. Als wir um die nächste Felsennase biegen, gibt es nur noch das weite Meer und die hohen Felsen um uns her, von denen sich die Möwen kreischend herunterstürzen, um dann elegant auf dem Watt zu landen und nach Muscheln und Krebsen zu suchen.

Wir müssen aufpassen, daß wir nicht ausrutschen, denn die Klippen sind glitschig von den Algen, die sich auf ihnen festgesetzt haben und bei Flut überspült werden. Manchmal werfen



6 4046-8

wir mißtrauische Blicke nach oben, denn über uns an den Felsen kleben zerbröckelnde Steine, die aussehen, als würden sie jeden Moment herunterstürzen.

Helgoland wird von Jahr zu Jahr kleiner, denn Frost, Regen und die Brandung nagen unaufhörlich an dem Buntsandstein. Um der Zerstörung Einhalt zu gebieten, ist an der Westseite der Insel eine lange Schutzmauer gebaut worden, die verhindern soll, daß die Brandung immer mehr Gestein aus dem Felsen wäscht.

Jetzt bei Ebbe ist das Wasser so weit zurückgewichen, daß wir unterhalb der Felsen entlanggehen können. In den zurückgebliebenen Wasserpfützen finden wir Muscheln und kleine Krebse. Flo entdeckt sogar einen Seeigel.

„Was meinst du, Flo?" wendet sich Su an ihn. „Ob wir hier wohl den Piratenschatz finden?"

Flo zuckt die Schultern. „Erst mal müssen wir eine Höhle entdecken." Er blickt suchend an der zerklüfteten Felswand entlang und ruft plötzlich mit vor Aufregung zitternder Stimme: „Mensch, da ist ja eine Höhle."

„Wo?" Bastian und Heiko, die bereits vorausgelaufen sind, kommen neugierig zurück.

Tatsächlich, unter einem überhängenden Felsen gähnt eine schwarze Öffnung.

„Na, was sagst du nun, Bastian?" Flo hüpft vor Freude von einem Bein auf das andere.

„Hm." Ungläubig starrt Bastian die Höhlenöffnung an. Sollte Flo wirklich recht behalten mit seinem verrückten Einfall?

„Jetzt müssen wir nur noch den Schatz finden!" jubelt Su.

„Und daran hapert es wohl." Heike grinst belustigt.

„Schatz hin, Schatz her, auf jeden Fall erforschen wir die Höhle!" ruft Heiko begeistert.

„Geht lieber nicht hinein", warnt Heike. „Es könnten lose Steine herabfallen."

Aber ihre Warnung prallt an uns ab wie ein Ball an einer

Mauer. Uns hat das Entdeckungsfieber gepackt. Wir klettern bereits über die Klippen zum Höhleneingang. Sogar Bandit zerrt so ungestüm an der Leine, daß ich Mühe habe, hinterherzukommen.

Die Höhle ist so groß, daß wir alle bequem darin Platz finden. Die roten Felsen funkeln im Sonnenlicht richtig unheimlich.

„Die Höhle ist ja leer", sagt Su enttäuscht, als sie sich umgesehen hat.

Ich glaube, wir sind alle ein wenig enttäuscht, wenn wir das auch nicht zugeben wollen. Es wäre doch toll gewesen, wenn wir hier tatsächlich einen Piratenschatz entdeckt hätten. Aber nicht einmal eine alte, eisenbeschlagene Holzkiste ist zu sehen, nur nackter, kalter Fels.

„Was habt ihr denn gedacht?" spottet Bastian, als er unsere langen Gesichter sieht. „Etwa, daß hier der Piratenschatz liegt, nach dem Flo immer sucht?"

Er lacht höhnisch. Von den Felsen klingt sein Gelächter so schaurig zurück, daß er erschrocken den Mund hält.

„Kommt, wir gehen wieder!" drängt Heike. „Hier ist bestimmt kein Schatz versteckt."

Wir folgen ihr enttäuscht. Nur Bandit verspürt noch keine Lust, die Höhle zu verlassen. Er schnuppert jede Ritze an der hinteren Felswand ab. Plötzlich verschwindet er hinter einem Vorsprung.

„Bandit, komm." Ungeduldig ziehe ich an der Leine. So ganz allein, ohne die Freunde, ist es mir in der Höhle nicht geheuer.

Aber mein Kater kommt nicht wieder zum Vorschein. Als ich daraufhin den Felsvorsprung betaste, um festzustellen, wo Bandit geblieben ist, merke ich erstaunt, daß scharf nach links ein schmaler Gang abzweigt, aus dem mir schwarze Finsternis entgegengähnt. Das ist uns vorhin gar nicht aufgefallen, weil es hier, in der hintersten Ecke der Höhle, ziemlich dunkel ist.

Plötzlich pocht mein Herz wie wild. „He, Heike, Bastian, Heiko, Flo, Su, kommt zurück!" schreie ich mit vor Aufregung

*„Die Höhle ist ja leer“,*
*sagt Su enttäuscht.*

überschnappender Stimme. „Bandit hat einen geheimen Gang entdeckt."

Ich glaube, es dauert nicht mal eine Minute, bis sich die Freunde aufgeregt schnatternd in der Höhle um mich drängen.

„Wirklich, Sabine?"

„Wo denn?"

„Du willst uns wohl veräppeln."

Aber als ich ihnen den schmalen Gang hinter dem Felsvorsprung zeige, schnappen sie vor Staunen nach Luft.

„Wo führt der Gang hin, Sabine?" stammelt Flo.

„Das weiß ich nicht. Es ist ja stockdunkel darin."

„So ein Mist", schnauft Heiko ergrimmt. „Jetzt können wir nicht mal hineingehen, weil wir kein Licht haben."

„Aber du hast doch deine Taschenlampe mit", erinnert Heike ihren Bruder.

„Stimmt ja." Heiko schlägt sich mit der Hand gegen die Stirn. „Das habe ich vor Aufregung total vergessen."

Er nestelt die Taschenlampe aus seiner Jackentasche, knipst sie an und schiebt mich einfach beiseite. Im Gänsemarsch folgen wir Heiko, denn der Gang ist so eng, daß immer nur einer hinter dem anderen gehen kann. Bereits nach drei oder vier Metern erweitert er sich zu einer Höhle, die kleiner und niedriger als die erste ist. Während wir noch aufrecht stehen können, muß Bastian bereits seinen Kopf einziehen, damit er nicht an die Höhlendecke stößt.

Heiko läßt den Lichtstrahl seiner Taschenlampe durch die Finsternis gleiten. Plötzlich fällt das Licht auf einen Stapel Kisten, die bis unter die Decke reichen.

Uns bleibt vor Überraschung die Spucke weg, und selbst Bastian, der immer gerne über Flos Schatztick lästert, schnauft vor Erregung wie ein Walroß laut durch die Nase.

„Der Schatz", haucht Flo beinahe ehrfürchtig.

„Flo hat recht gehabt!" jauchzt Su. „Wir haben den Piratenschatz gefunden."

„Leuchte doch mal, Heiko!“ rufe ich und erschrecke sogleich fürchterlich vor meiner eigenen Stimme, die in der Höhle richtig dumpf und schaurig klingt.

Der Lichtstrahl von Heikos Taschenlampe wandert zitternd über die Kisten.

„Das sind keine Kisten“, stellt Bastian fest, der sich als erster von der Überraschung erholt hat. „Das sind Pappkartons.“

„Pappkartons?“ sagt Flo gedehnt. „Du irrst dich bestimmt.“

„Hm“, meine auch ich enttäuscht. „Wenn es Pappkartons sind, befindet sich garantiert kein Schatz darin.“

„Ja“, stimmt Heike zu. „Zur Zeit der Seeräuber gab es noch keine Pappkartons.“

„Da hat wohl jemand seinen Müll hergebracht.“ Bastians Stimme klingt richtig wütend. Er ärgert sich, daß er einen Augenblick lang tatsächlich an den Schatz geglaubt hat. „Pah, lauter leere Kartons“, schnaubt er geringschätzig und tritt dagegen.

Erschrocken zieht er seinen Fuß wieder zurück, denn es ertönt ein leises Klirren.

„Die sind ja gar nicht leer!“ ruft er verblüfft.

Unsere Neugier ist geweckt. Was mag darin sein?

Heiko zieht sein Taschenmesser aus der Hosentasche und öffnet vorsichtig einen der Kartons. Zu unserer Verwunderung enthält er lauter Flaschen. Bastian nimmt eine heraus und hält sie in den Lichtstrahl der Taschenlampe.

„Das ist Rum“, sagt er verblüfft, nachdem er das Etikett gelesen hat.

„Rum?“ fragt Su mit großen Augen. Und dann reimt sie kichernd: „Wenn das der alte Kuddel wüßt’, dann käm er sofort angedüst.“

Wir sind viel zu aufgeregt, um auf ihr Geplapper zu hören. Bastian öffnet einen anderen Karton. In dem befinden sich auch Flaschen, aber diesmal ist es Whisky.

Wir sehen uns überrascht an.

„Das ist ja ein ganzes Warenlager“, stammelt Heike.

„Vielleicht bewahrt einer der Kaufleute hier seine Waren auf", meint Heiko.

Bastian tippt sich an die Stirn. „Quatsch. Ein Händler würde die Waren doch im Keller seines Hauses lagern und nicht in dieser finsteren Höhle. Irgendwas stimmt hier nicht."

„Wißt ihr was", flüstere ich erregt, „das sind bestimmt Waren, die geschmuggelt werden sollen."

„Meinst du wirklich, Sabine?" fragt Flo ängstlich. Er zieht mich am Jackenärmel. „Komm, wir gehen lieber."

Jetzt, da feststeht, daß es sich nicht um einen Schatz handelt, sondern womöglich finstere Schmuggler dahinterstecken, ist Flo die Sache nicht mehr geheuer.

„Ja", stimmt Heike energisch zu. „Los, laßt uns gehen. Mir ist es richtig unheimlich in der dunklen Höhle. Ich würde einen Schreikrampf kriegen, wenn jetzt plötzlich jemand hereinkäme."

Erschrocken sehen wir uns an. Hat es da nicht eben geknistert, und waren da nicht Schritte zu hören?

Hals über Kopf stolpern wir durch den engen Gang und atmen erleichtert auf, als wir das helle Tageslicht wiedersehen, das durch den Höhleneingang schimmert.

Niemand ist zu sehen. Unsere Phantasie hat uns in der finsteren Höhle einen Streich gespielt. Einsam und leer liegt der Wattstreifen vor uns, auf dem das Wasser langsam wieder aufläuft.

## Bandit ist verschwunden

„Los, Beeilung!" drängt Heiko plötzlich. „Die Flut kommt, und wir müssen noch den ganzen Weg zurücklaufen."

„Kommt das Wasser etwa bis hier an die Felsen?" fragt Flo erschrocken.

„Ja. Wenn wir uns nicht beeilen, kriegen wir noch nasse Füße."

Heike, Bastian und mir fährt der Schreck ebenfalls ganz schön in die Knochen. Wir sind gemütlich am Fuß der Felsen entlangspaziert und haben gar nicht daran gedacht, daß uns die Flut den Rückweg abschneiden kann. Angstvoll blicken wir über den Wattstreifen, der zusehends schmaler wird.

Nur Su erkennt die Gefahr nicht. Sie findet das alles unheimlich aufregend.

„Müssen wir jetzt etwa in der Höhle warten, bis es wieder Ebbe wird?" fragt sie begeistert.

Wir machen betretene Gesichter, denn wir verspüren nicht die geringste Lust, stundenlang in der Höhle auszuharren, zumal es bald dunkel wird. Mein Vater wird sich bestimmt Sorgen machen, wenn wir nicht pünktlich zum Abendessen an Bord zurück sind. Uns bleibt also nichts anderes übrig, als schleunigst loszulaufen, bevor das Wasser die Felsen erreicht.

„Vielleicht gibt es noch einen anderen Weg." Bastian blickt prüfend an der Felswand hinauf, die hier nicht senkrecht emporsteigt. Abbröckelnde Steine haben einen schrägen Hang geschaffen. Es dürfte nicht so schwierig sein, hier hinaufzuklettern.

Bandit zieht bereits ungestüm an der Leine. Er klettert den schrägen Abhang hinauf. Was Bandit kann, schaffen wir auch.

„Wir können ja hier in der Rinne hinaufsteigen", schlage ich vor. „So steil ist die gar nicht."

Uns an Steinen und Grasbüscheln festhaltend, kraxeln wir auf allen vieren den Steilhang hinauf. Über dem Höhleneingang befindet sich ein kleines Plateau. Dort ruhen wir uns eine Weile aus.

„Geht nicht zu weit nach vorn", warnt Heike. „Der Fels ist brüchig und könnte abbröckeln."

„Los, weiter", drängt Bastian. „Verschnaufen können wir oben."

Ich klettere mit Bandit voran. Hinter mir keuchen Su und Flo. Dann folgen Heike und Heiko, und Bastian bildet den Schluß. Ab und zu lösen sich kleine Steine unter unseren Füßen und poltern in die Tiefe. Dann läuft mir jedesmal eine Gänsehaut über den Rücken, und ich blicke mich unwillkürlich um, um nachzusehen, ob sich die Freunde noch alle hinter mir befinden. Ich bin heilfroh, als wir endlich wohlbehalten oben anlangen. Keuchend bleiben wir eine Weile im Gras liegen.

Hier oben bläst ein frischer Wind. Meine langen Haare wehen mir andauernd ins Gesicht. Bastian mit seinen Stoppelhaaren hat da keine Schwierigkeiten.

Schaudernd blicken wir in die Tiefe hinunter. Noch liegt ein schmaler Wattstreifen am Fuße der Felsen frei, aber das Wasser kommt schnell näher.

„Wie haben die Leute nur die Kartons in die Höhle gebracht?“ überlegt Flo stirnrunzelnd.

„Na, den Abhang hinunter bestimmt nicht“, meint Heike. Sie sieht erst einmal nach, ob Husch die Kletterpartie auch gut überstanden hat. Der kleine Hamster schläft sicher und geborgen in ihrer Jackentasche.

„Glaubt ihr, daß sie die Kartons bei Ebbe unten an den Felsen entlanggeschleppt haben?“ frage ich. „Das ist doch viel zu auffällig. Jeder kann sie dabei beobachten.“

„Quatsch, so viel Umstände macht sich doch keiner.“ Heiko winkt ab. „Die sind mit dem Boot hingefahren.“

Su blickt ihn an, als ob er nicht ganz zurechnungsfähig sei. „Wie denn?“ spottet sie. „Es ist ja kein Wasser da.“

„Jetzt nicht, weil Ebbe ist“, meint Heiko. „Aber du siehst doch, daß das Wasser bereits wieder aufläuft. Bei Flut steht es so hoch an den Felsen, daß man mit einem Boot bequem bis an den Höhleneingang fahren kann.“

„Klar, genauso läuft die Sache ab!“ ruft Bastian anerkennend. „Jemand bringt die Waren mit dem Boot bei Flut in die Höhle, und später werden sie von einem anderen Boot wieder abgeholt. Da hätte ich auch drauf kommen müssen."

Heiko schiebt sich zufrieden eine Kaugummikugel in den Mund. Sonst ist Bastian immer der Schlaueste, aber diesmal hat er die bessere Idee gehabt.

„Aber wozu das ganze Theater?" fragt Heike stirnrunzelnd. „Warum werden die Kartons erst in die Höhle gebracht? Man kann sie doch genausogut gleich im Hafen auf ein Schiff laden."

„Eben nicht", erkläre ich. „Im Hafen ist das viel zu auffällig. Da werden die Zollbeamten gleich mißtrauisch. Das können die Schmuggler nicht riskieren. Ein Schiff bringt die Waren heimlich zur Höhle, und ein anderes holt sie später wieder ab."

„Ganz schön gerissen." Heiko pfeift anerkennend durch die Zähne. „So merkt kein Mensch etwas davon."

„Papa wird staunen, wenn wir ihm erzählen, daß wir eine Höhle mit Schmuggelwaren entdeckt haben." Su dreht vor Aufregung an ihren Zopfenden.

Im Trab folgen wir dem Rundwanderweg, der uns zu den Häusern auf dem Oberland zurückführt.

„Ich kann nicht mehr", stöhnt Su, als wir an der Kirche vorüberrennen.

„Ich auch nicht, ich habe Seitenstechen", jammert Flo.

„Okay", sagt Bastian gnädig, „verschnaufen wir eine Weile."

Wir setzen uns auf die Mauer, die sich hart am Abgrund entlangzieht, und blicken auf die Dächer der Häuser auf dem Unterland hinab. Ich befestige das Ende von Bandits Leine an einem Laternenpfahl, damit ich die Hände frei habe.

„Fällt euch nichts auf?" fragt Heike plötzlich. „Die Seebäderschiffe sind fort."

Mit den Schiffen sind auch die vielen Touristen verschwunden, die die kleine Insel völlig überschwemmt haben. Auf einmal ist es auf den Straßen still und leer geworden. Die tiefstehenden Strahlen der Sonne flimmern und glitzern auf den Wellen und tanzen über die Aufbauten des Zollkreuzers unter uns im Hafen.

Links von uns leuchtet der weiße Sand der langen Düne, auf der es sogar eine Landebahn für Flugzeuge gibt und zu der man erst mit einem Boot hinausfahren muß, wenn man baden will. Alles wirkt so friedlich, daß wir unwillkürlich schweigen. Sogar Su hält ausnahmsweise mal ihren Mund.

Plötzlich richtet sich Heiko gespannt auf und legt die Hand über die Augen, um besser sehen zu können. „Ratet mal, wer da kommt."

Wir strengen unsere Augen an und entdecken eine weiße Jacht, die mit geblähten Segeln auf die Hafeneinfahrt zuhält.

„Ist das etwa die *POSEIDON?*" rufe ich überrascht.

„Ja." Heiko nickt.

Plötzlich erwacht das Jagdfieber in uns. „Los, die schauen wir uns an."

Alle Müdigkeit vergessend, springen wir die vielen Treppenstufen zum Unterland hinunter. Erst als ich unten angelangt bin, fällt mir siedendheiß auf, daß ich Bandits Leine nicht mehr in der Hand halte.

„Wartet!" schreie ich erschrocken. „Ich habe Bandit vergessen."

Ich keuche all die vielen Stufen wieder hinauf. Als ich schwer atmend an der Mauer ankomme, hängt nur die rote Leine mitsamt dem Halsband am Laternenpfahl, mein Kater aber ist verschwunden. Er hat wohl so lange an der Leine gezerrt, bis ihm das Halsband über den Kopf geflutscht ist.

Ratlos stehe ich da und schaue die Straße hinauf und hinunter. Sooft ich auch seinen Namen rufe, kein schwarzer Kater mit weißen Pfoten läßt sich blicken.

Besorgt springe ich die Treppe wieder hinunter. „Habt ihr Bandit gesehen?"

Die Freunde, die am Fuße der Treppe auf mich gewartet haben, schütteln die Köpfe.

„Wir müssen ihn suchen!" rufe ich aufgeregt. „Er muß ja irgendwo in der Nähe sein. Am besten, wir verteilen uns."

Heike blickt auf ihre Armbanduhr. „Weißt du auch, wie spät es ist, Sabine? In zehn Minuten ist es sieben. Und um sieben sollen wir zurück an Bord sein."

„Aber ich kann Bandit doch nicht hier allein lassen", jammere ich verzweifelt.

„Er geht schon nicht verloren", versucht Heike mich zu trösten. „Schließlich ist Helgoland eine Insel."

Ich sehe ein, daß wir jetzt erst einmal zum Zollkreuzer müssen, um meinen Vater nicht zu verärgern. Er kann es nämlich nicht ausstehen, wenn man unpünktlich ist.

Schweren Herzens folge ich den Freunden zum Hafen. Immer wieder werfe ich einen Blick zurück, in der Hoffnung, einen schwarzen Kater mit vier weißen Pfoten auftauchen zu sehen. Aber Bandit bleibt verschwunden.

Als wir am Jachthafen vorbeirennen, legt die *POSEIDON* gerade am Steg an. Die drei Typen befinden sich an Deck und blicken uns nicht gerade freundlich nach.

„Denen paßt es wohl gar nicht, daß sie uns schon wieder begegnen", meint Heiko.

„Vielleicht haben sie ja doch eine krumme Sache vor", sagt Bastian nachdenklich.

„Na, wenn schon, wir können ihnen ja doch nichts beweisen!" rufe ich im Laufen. „Hört mal zu, am besten, wir erzählen meinem Vater vorläufig noch nichts von der Höhle. Sonst wird er uns eine Menge Fragen stellen, und ich muß doch nach dem Essen wieder los und Bandit suchen."

Das sehen die Freunde ein.

Als wir mit erhitzten Gesichtern den Gang entlangrennen, prallt Su mit Fiete zusammen, der gerade aus der Küche kommt und eine Riesenschüssel vor sich herträgt.

„Oh, Entschuldigung", murmelt Su erschrocken.

„Seid doch nicht so wild!" ruft Fiete erbost. „Beinahe wäre mir die Schüssel runtergefallen." Mit großen Augen fügt er hinzu: Wie seht ihr denn aus? Wollt ihr etwa mit solchen Dreckpfoten am Tisch erscheinen?"

Kleinlaut verschwinden wir erst mal im Duschraum, klopfen den roten Staub von unseren Jeans und waschen uns die Hände.

Als wir dann etwas sauberer in der Messe erscheinen, sitzen die Männer bereits am Tisch. Wir huschen auf unsere Plätze und lassen uns von Fiete die Teller mit Kartoffelsalat und Würstchen füllen.

„Halt, stopp!" schreit Flo entsetzt, als er die Riesenportion sieht, die Fiete auf seinen Teller häuft. „Das schaffe ich nie!"

„Aber klar", meint Fiete freundlich. „Du hast doch heute den ganzen Tag noch nichts Ordentliches gegessen."

Fietes Kartoffelsalat ist wirklich 'ne Wucht. Und obwohl wir richtig ausgehungert sind und tüchtig zulangen, schaffe ich nur mit Mühe und Not die letzten Bissen. Flo und Su müssen passen. Sie werden mit dem Riesenberg, den Fiete ihnen aufgefüllt hat, einfach nicht fertig.

„Habt ihr euch Helgoland gründlich angesehen?" erkundigt sich mein Vater nach dem Essen und lehnt sich gemütlich zurück.

„Klar", plappert Su munter drauflos. „Wir haben sogar die Höh. . ."

Ich trete Su gerade noch rechtzeitig mit dem Fuß gegen das Schienbein. Erschrocken klappt sie den Mund zu. Sie war mal wieder auf dem besten Weg, alles vorzeitig auszuplaudern.

„Was habt ihr sogar?" Papa sieht uns prüfend an.

„Wir haben sogar Hölzchen aus dem Seehundsbecken vor dem Aquarium gefischt, Onkel Ulf", hilft Bastian seiner Kusine aus der Patsche. „Der Aufseher hat uns gelobt, weil wir so gut aufgepaßt haben."

„Dann wart ihr also im Aquarium?" staunt Papa.

Zum Glück wartet er eine Antwort nicht ab, sondern wendet sich an seine Kollegen. „Habt ihr schon die Wachen eingeteilt? Ich übernehme die letzte von fünf bis sechs."

Es dauert eine ganze Weile, bis sich die Männer geeinigt haben, wer wann Wache hat. Heiko, Bastian und ich wollen ebenfalls mit auf Wache gehen. Aber das lehnt mein Vater entschieden ab.

„Schlaft ihr euch lieber aus“, meint er. „Wenn ihr wollt, könnt ihr ja morgen früh frische Brötchen holen. Ich wecke euch um sechs Uhr.“

Zu meinem Ärger fangen Flo und Su laut an zu gähnen, worauf Papa natürlich gleich sagt: „Für euch ist es wohl das beste, wenn ihr schlafen geht. Das war ein langer Tag heute. Ihr müßt ja alle todmüde sein.“

„Och“, meine ich erschrocken, „wir wollten eigentlich noch an Land.“ Ich muß unbedingt meinen Kater finden, sonst bekomme ich vor Sorge die ganze Nacht kein Auge zu.

„An Land?“ fragt mein Vater gedehnt. „Was wollt ihr denn da? Es ist draußen bereits dunkel. Wenn ihr noch nicht müde seid, könnt ihr ja hier in der Messe Karten oder Schach spielen.“

Wir sehen uns bedeppert an. Das hat uns gerade noch gefehlt. . .

„Nö“, brumme ich. „Dann gehen wir auch schlafen.“

Papa guckt uns ganz verwundert nach, als wir gute Nacht sagen und die Treppe hinunterhuschen, um unsere Kabinen aufzusuchen. Er ist es gar nicht gewohnt, daß wir freiwillig und ohne Murren mit den Hühnern zu Bett gehen. Aber er schreibt das dem Umstand zu, daß wir heute morgen früh aufstehen mußten, und der frischen Seeluft, die ja bekanntlich müde macht.

Wir verschwinden alle in unserer Kabine und halten erst einmal Kriegsrat. Heike holt Husch aus ihrer Tasche und setzt ihn in den Vogelkäfig. Sie legt eine Menge Toilettenpapier hinein, damit er sich daraus eine Schlafhöhle bauen kann. Zu Hause hat sie natürlich einen großen, geräumigen Käfig für den Goldhamster. Aber hier auf dem Schiff muß er mit dem Vogelkäfig vorlieb nehmen.

„Was machen wir jetzt?“ frage ich niedergeschlagen. „Wie soll ich Bandit finden, wenn ich nicht mehr an Land darf?“

Su legt tröstend einen Arm um mich. „Sabine, wir können Papa doch einfach sagen, daß wir Bandit heimlich mitgenommen haben.“

„Na und, was hilft das? Glaubst du, daß Papa all seine Leute losschickt, um Bandit zu suchen?“

Bastian schüttelt den Kopf. „Onkel Ulf wird nur sauer werden“, meint er. „Und davon kriegen wir den Kater auch nicht wieder.“

„Aber etwas *müssen* wir unternehmen!“ sagt Heike energisch. „Bandit muß spätestens morgen früh um sieben Uhr an Bord sein. Sonst legt die *HAMBURG* ohne ihn ab.“

„Dann fahre ich auch nicht mit zurück!“ rufe ich trotzig. Ich werde doch meinen Kater nicht allein auf einer fremden Insel zurücklassen.

„Uns bleibt nichts anderes übrig, als Bandit zu suchen. Irgendwie müssen wir eben vom Schiff herunterschleichen“, überlegt Heiko stirnrunzelnd.

„Aber wie?“ Ich seufze kummervoll. „Wie kommen wir ungesehen von Bord?“

„Ich kundschafte mal aus, wo sich die Männer aufhalten.“ Bastian rutscht von meiner Koje und öffnet die Kabinentür. Wir warten gespannt auf seine Rückkehr.

„Also“, berichtet er mit Verschwörermiene, „Onkel Ulf sitzt in seinem Arbeitszimmer und schreibt. Der Erste Ingenieur ist schlafen gegangen. Fiete und die anderen beiden Ingenieure hocken in der Messe und spielen Skat. Nils und Björn sind an Land gegangen, und Herr Wegener hat die erste Wache. Er hält sich oben auf der Brücke auf.“

„Das größte Problem ist Herr Wegener“, meint Heiko. „Der kann vom Steuerhaus aus alles überblicken und kriegt garantiert mit, wenn wir heimlich von Bord schleichen. Schließlich ist an Deck alles hell erleuchtet.“

„Er muß abgelenkt werden“, sagt Bastian. „Aber wie? Strengt gefälligst eure kleinen, grauen Zellen an. Irgendwas muß uns einfallen.“

## Heimlich an Land

Ich muß unwillkürlich grinsen, als ich die Freunde beim Nachdenken beobachte. Su dreht dabei unablässig ihr Zopfende um den Zeigefinger. Flo hat das Kinn auf die hochgezogenen Knie gestützt. Heike nagt an ihrem kleinen Finger. Heiko dagegen schmatzt laut auf seinem Kaugummi herum, wie eine Kuh, die wiederkäut. Und Bastian hockt mit eingezogenem Kopf auf der oberen Koje und baumelt unablässig mit den Beinen.

„Ich hab's!“ rufe ich so plötzlich in die Stille, daß alle zusammenschrecken. „Zwei von uns gehen ins Ruderhaus und fragen Herrn Wegener, was die Lichter auf der anderen Seite des Hafens bedeuten. Während er hinüberschaut, huschen wir anderen schnell von Bord.“

Heiko sieht mich zweifelnd an. „Und wenn er sich zu früh dreht und uns bemerkt?“

„Das darf eben nicht passieren. Su und Flo, ihr müßt es eben ganz geschickt anstellen.“

„Wieso Flo und ich?“ protestiert meine kleine Schwester.

„Weil ihr die Kleinsten seid. Du hast doch gehört, daß zwei von uns Herrn Wegener ablenken müssen, damit die anderen ungesehen von Bord kommen“, antworte ich ärgerlich.

„Warum sollen gerade wir das sein?“ beschwert sich Su patzig. „Du kannst ja hierbleiben, Sabine.“

„Mir macht es nichts aus hierzubleiben“, wirft Flo schnell ein. Im Stockfinstern auf einer fremden Insel herumzuschleichen, um einen fortgelaufenen Kater zu suchen, das ist ihm nicht ganz geheuer.

Heike versucht auf diplomatische Art, meine kleine Schwester zu überzeugen. „Flo hat sofort erkannt, daß es viel aufregender und spannender ist, Herrn Wegener abzulenken, als Bandit zu suchen. Von eurer Geschicklichkeit hängt es ab, ob wir ungesehen von Bord kommen."

„Wirklich?" Su zieht zweifelnd die Nase kraus.

„Na klar", redet Bastian ihr zu. „Euch fällt die verantwortungsvollste Aufgabe zu. Ihr dürft auf keinen Fall einschlafen, bevor wir zurück sind, denn ihr müßt ja den Wachhabenden noch mal ablenken, damit wir wieder ungesehen aufs Schiff kommen."

„Okay", stimmt Su besänftigt zu. „Aber wie merken wir, daß ihr zurück seid?" Ja, wie? Wir blicken uns fragend an.

Heiko hat eine Idee. „Wir werfen einfach kleine Steine gegen das Bullauge. Das werdet ihr ja wohl hören."

Su und Flo nicken begeistert.

Wir anderen atmen erleichtert auf. Es ist immer ein schweres Stück Arbeit, Su von irgend etwas zu überzeugen.

Mein Herz klopft laut, als ich nun vorsichtig die Kabinentür öffne und den schwach erleuchteten Gang entlang spähe. Ich glaube, den Freunden ergeht es nicht anders.

Ich husche wie ein Hamster zur Treppe, als ich plötzlich Schritte höre. Rasch dränge ich die anderen, die mir bereits gefolgt sind, in unsere Kabine zurück. Es gelingt mir gerade noch, die Tür bis auf einen schmalen Spalt zuzuziehen, als Fiete erscheint und leise pfeifend in seiner Kabine verschwindet.

„Uff", seufzt Heiko. „Das ging gerade noch mal gut."

Wir hören Fiete nebenan hin und her gehen. Dann öffnet sich plötzlich die Tür seiner Kabine, und er stapft die Treppe hinauf. Sein breiter Rücken ist noch nicht ganz verschwunden, da huschen wir bereits wie die Indianer auf dem Kriegspfad lautlos hinter ihm her.

Die Tür des Gemeinschaftsraumes ist nur angelehnt, und wir hören die Stimmen von Fiete und den beiden Ingenieuren, die



7 4046-8

noch Karten spielen.

Bastian tippt Flo und Su aufmunternd in den Rücken. „Macht eure Sache gut“, flüstert er ihnen zu.

Die beiden werfen uns einen verschwörerischen Blick zu und steigen dann mit wichtiger Miene die Treppe zur Brücke hinauf.

Bastian, Heiko, Heike und ich schleichen auf Zehenspitzen am Arbeitszimmer meines Vaters vorüber. Nicht auszudenken, wenn er in diesem Augenblick herauskommen und uns in unseren Jacken sehen würde.

Zum Glück ist die Außentür noch geöffnet. So machen wir kein Geräusch, als wir an Deck schlüpfen. Bastian schleicht sich zum Bootsdeck hinauf, um auszukundschaften, ob das Ablenkungsmanöver, das Su und Flo vorhaben, auch klappt. Heiko, Heike und ich drücken uns inzwischen eng an die Decksaufbauten, damit Herr Wegener uns vom Ruderhaus aus nicht sehen kann.

Aus dem Fenster neben mir fällt ein breiter Lichtstreifen auf Deck. Die Gardinen sind nicht zugezogen, und als ich vorsichtig hineinspähe, sehe ich meinen Vater mit aufgekrempelten Hemdsärmeln am Schreibtisch sitzen. In der rechten Hand hält er einen Kugelschreiber, und mit der linken streicht er über seinen Schnurrbart. Das macht er immer, wenn er über irgend etwas nachdenkt. Auf einmal wendet er den Kopf und blickt genau in meine Richtung. Mir bleibt fast das Herz stehen vor Schreck. Als jedoch nichts geschieht und ich nach einigen Sekunden wieder vorsichtig um die Ecke luge, sehe ich ihn über eine Liste gebeugt und emsig schreiben.

Bastian taucht wie ein Schatten neben uns auf. „Los“, zischt er und balanciert bereits über die Planke.

Da die Flut eingesetzt hat, liegt die *HAMBURG* inzwischen ein beträchtliches Stück höher an der Kaimauer, so daß wir jetzt bequem von Deck aus über eine Planke an Land gehen können.

Wir gelangen ungesehen hinüber und rennen hastig aus dem Lichtkreis der Hafenlaternen. Erst an den alten, unbewohnten Fischerhütten halten wir an, um zu verschnaufen.

„Am besten, wir trennen uns hier“, schlägt Bastian vor. „Ich suche mit Heiko das Oberland ab. Heike und Sabine, ihr könnt das Unterland übernehmen. In einer Stunde treffen wir uns wieder hier, an den Fischerhütten. Achtung, Uhrenvergleich: Es ist jetzt Punkt neun. Also um zehn, okay?“

Wir nicken, und die beiden Jungen verschwinden in der Finsternis.

Ich will gerade aus dem Schatten der Fischerhütte hervortreten, als Heike mich plötzlich heftig zurückreißt.

„Was ist denn?“ frage ich erschrocken.

„Siehst du den Typ, der aus dem Jachthafen kommt, Sabine? Das ist doch der Skipper von der *POSEIDON*.“

Ich spähe vorsichtig um die Hüttenecke. Der Typ marschiert zielbewußt in Richtung Kurhaus. Seine Schritte hallen laut auf der menschenleeren Straße. Als er unter einer Laterne in unserer Nähe vorbeigeht, kann ich sein faltiges Gesicht mit dem zerzausten Seehundsbart ganz deutlich erkennen.

„Was der bloß vorhat?“ Meine Neugier ist erwacht.

Heike zuckt die Schultern. „Der steuert bestimmt die nächstbeste Kneipe an.“

Aber diesmal irrt Heike sich. Der Skipper geht am Kurhaus vorbei, in dem gerade eine Konzertveranstaltung stattfindet, läßt sämtliche Gaststätten links liegen, biegt in eine Seitenstraße ein und verschwindet plötzlich hinter einer Haustür.

Heike und ich blicken uns verblüfft an. „Was macht er denn da?“ wundere ich mich und betrachte forschend die dunkle Hauswand.

„Ach“, meint Heike uninteressiert, „der besucht bestimmt Bekannte. Was geht uns der Typ überhaupt an? Ich denke, wir wollen Bandit suchen.“

Gerade als wir uns abwenden wollen, hören wir plötzlich ein

klägliches Maunzen. Wir bleiben wie angewurzelt stehen.

„Bandit!“ rufe ich leise in die Dunkelheit.

Wieder antwortet ein klägliches Maunzen.

„Heike, das ist Bandit! Ich erkenne genau seine Stimme.“ Aufgeregt fasse ich meine Freundin am Arm.

„Aber wo steckt er denn?“ fragt Heike nicht weniger erregt.

„Ich glaube, er maunzt hinter der Mauer“, flüstere ich.

Zwischen dem Haus, in dem der Skipper verschwunden ist, und dem Nachbarhaus befindet sich ein schmaler Durchgang, der auf beiden Seiten von einer hohen Mauer abgetrennt wird.

Ich versuche vergeblich, mit den Händen die Mauerkante zu erreichen. Sie ist einfach zu hoch.

„Bandit, halt aus, ich hole dich!“ rufe ich leise mit beschwörender Stimme.

Heike bückt sich, und ich klettere auf ihren Rücken. Die Sorge um meinen Kater verdoppelt meine Kräfte. Es gelingt mir, mich mit einem Klimmzug an der Mauer hochzuziehen. Zwar schürfe ich mir an dem rauhen Mörtel die Hände auf, aber das bemerke ich gar nicht.

Heike reicht mir die Taschenlampe hinauf. Ich leuchte in einen kleinen, engen Hof, in dem außer einigen leeren aufeinandergestapelten Kisten nichts Interessantes zu sehen ist. Auf einem Kistenstapel steht Bandit. Er bemüht sich vergeblich, an der glatten Mauer hinaufzuklettern.

Ich lege mich flach auf die Mauer, kann ihn aber mit meinem ausgestreckten Arm nicht erreichen. Kurz entschlossen ziehe ich meine Jacke aus und lasse sie hinabbaumeln. Bandit, der merkt, daß ich ihm helfen will, krallt sich an dem Stoff fest, und ich ziehe ihn zu mir herauf.

„Du alter Ausreißer“, schimpfe ich zärtlich und drücke ihn er leichtert an mich. „Wie kommst du nur in diesen engen Hof?“

Bandit schnurrt sofort los, so froh ist er, mich wiederzusehen.

„Hast du ihn, Sabine?“ fragt Heike unter mir.

„Ja.“

„Dann gib ihn her.“ Heike streckt ihre Arme empor.

Ich reiche ihr den Kater hinunter und will gerade von der Mauer springen, als ich erstaunt innehalte. Über mir höre ich Stimmen. Sie kommen aus einem hellerleuchteten Zimmer, dessen Fenster einen Spaltbreit offensteht. Im Lichtschein kann ich den Skipper erkennen. Er hält gerade ein Glas an seinen Seehundsbart und nimmt einen kräftigen Schluck.

„Also, was ist, Peter, hast du alles vorbereitet?“

„Ja“, höre ich eine fremde Stimme antworten. „Alles liegt in der Höhle bereit. Warum kommt ihr erst so spät?“

„Wir sind heute morgen im Nebel auf eine Sandbank gelaufen. Stell dir vor, Peter, ausgerechnet die Leute vom Wasserzoll haben uns heruntergeholt. Ich weiß wirklich nicht, warum wir immer so auf die Zollbeamten schimpfen. Sie sind doch so hilfsbereit“, setzt er hohnlachend hinzu.

„Wann wollt ihr die Waren holen, Skipper?“

„Jetzt sofort. In einer halben Stunde ist Hochwasser.“

Plötzlich erscheint eine Hand vor der Scheibe und schlägt das Fenster zu. Sosehr ich auch meine Ohren spitze, ich kann kein Wort mehr verstehen. Enttäuscht springe ich von der Mauer und erstatte Heike Bericht.

Heike sieht mich mit großen Augen an. „Ob die von der Höhle sprechen, die Flo heute entdeckt hat?“ stottert sie.

„Na klar“, flüstere ich mit heißen Wangen. „Die räumen jetzt das Schmuggelnest leer.“

Wir verstummen, denn die Haustür wird geöffnet, und der Skipper eilt in Begleitung eines fremden Mannes denselben Weg zurück, den er gekommen ist. Wir folgen ihnen unauffällig, indem wir uns immer im Schatten halten. Sie klettern auf die weiße Jacht, die sanft am Steg schaukelt, und verschwinden in der Kajüte.

Gerade als Heike fragt: „Sabine, glaubst du wirklich, daß die jetzt im Finstern mit der *POSEIDON* auslaufen?", hören wir das Tuckern eines Motors, und die weiße Jacht verläßt klammheimlich das Hafenbecken.

## Nachts an der Schmugglerhöhle

Heike und ich sehen uns mit langen Gesichtern an.

„Was machen wir jetzt?" fragt Heike ratlos.

„Zuerst müssen wir zum Treffpunkt. Die Stunde ist um, und die Jungen warten vielleicht schon auf uns."

Als wir außer Atem an den Fischerhütten ankommen, hokken Bastian und Heiko bereits auf dem Bordstein an der Straße.

Heiko springt auf, als er uns sieht. „Wir haben das ganze Oberland abgesucht, aber nicht mal ein Haar von deinem Kater gefunden!" ruft er uns entgegen.

„Ich sag's ja immer", knurrt Bastian unfreundlich, „Bandit ist ein dämlicher Kater."

„Von wegen." Ich halte meinen Kater, den er in der Dunkelheit gar nicht gesehen hat, weil sein Fell so schwarz ist, dicht vor seine Nase.

„Da ist er ja", sagt Bastian verblüfft. Seine Stimme klingt erleichtert; also hat er sich doch Sorgen um Bandit gemacht, obwohl er mich das nicht merken lassen will. „Wo hat er denn gesteckt?"

„Er ist in einen Hof geklettert und konnte nicht heraus."

„Typisch Bandit", spottet Bastian, aber er streicht ihm doch gerührt über das Fell.

„Hört mal zu", sprudele ich aufgeregt hervor. „Wir haben was Tolles erfahren!" Ich berichte den ungläubig lauschenden Jungen von meinem Abenteuer auf der Mauer.

„Ob die das Lager in der Höhle ausräumen wollen?" fragt Heiko verblüfft.

„Klar!“ rufe ich ungeduldig. „Sie sind mit der *POSEIDON* bereits losgefahren. Wenn wir uns beeilen, können wir eher an der Höhle sein als sie.“

„Also los!“ kommandiert Bastian.

Ich nehme Bandit fest in die Arme und folge Heike und den Jungen, die bereits die steile Treppe zum Oberland hinaufsteigen.

Solange wir uns im Bereich der Häuser aufhalten, leuchten uns die Straßenlaternen. Aber als wir dann auf den schmalen Wanderweg einbiegen, der am Rande der Klippen entlangführt, geistert nur noch der starke Lichtstrahl des Leuchtturms in regelmäßigen Abständen durch die Finsternis.

Heiko und Bastian holen ihre Taschenlampen hervor, um uns zu leuchten, als wir den steilen Abhang hinuntersteigen. Ab und zu lösen sich kleine Steine unter unseren Schuhen, kollern in die Tiefe und schlagen klatschend im Wasser auf. Mehr auf dem Hosenboden rutschend als kletternd langen wir endlich auf dem kleinen Plateau über dem Höhleneingang an. Um uns her ist pechschwarze Finsternis. Wir sehen die Wellen nicht, sondern hören sie nur leicht gegen die Felsen klatschen.

Gerade als Heike sagt: „Ich glaube, wir haben uns geirrt“, unterbricht Heiko sie plötzlich. „Achtung, sie kommen!“

Wir spähen auf das dunkle Meer hinaus und entdecken die Positionslichter eines Schiffes.

„Das muß die *POSEIDON* sein“, zischt Heiko erregt.

„Ist es nicht zu riskant, wenn sie mit der Jacht bis an die Felsen heranfahren?“ wundert sich Bastian.

„Das werden sie auch nicht tun“, meint Heiko überzeugt. „Sie haben bestimmt ein Beiboot.“

Heiko behält recht. Die Lichter der Jacht kommen nicht näher. Wie festgewurzelt bleiben sie auf derselben Stelle. Das schwache Tuckern des Motors erstirbt; statt dessen vernehmen wir ein klatschendes Geräusch, das sich regelmäßig wiederholt und ab und zu von einem Quietschen begleitet wird.

„Sie rudern mit einem Boot heran!“ wispert Heiko ganz aufgeregt.

Im selben Moment blitzt ein Scheinwerfer auf. Erschrocken ducken wir uns noch tiefer an den Boden, werden beinahe eins mit den Felsen. Um ein Haar hätte uns der Lichtstrahl erwischt. Er schwenkt zum Glück rasch von uns weg zum Höhleneingang. Als wir vorsichtig unsere Köpfe heben und über die Kante hinabspähen, sehen wir ein kleines Ruderboot, in dem drei Männer sitzen. Zwei davon kennen wir nur zu gut. Es sind Jörg und Bruno, die Komplizen des Skippers mit dem Seehundsbart. Den dritten Mann, dessen Gesicht von einem buschigen Vollbart fast völlig verdeckt wird, haben wir noch nie gesehen. Aber seine Stimme kommt mir bekannt vor. Das ist bestimmt der Typ, den ich auf der Mauer belauscht habe.

„Warte hier im Boot“, sagt er gerade zu Bruno. „Wir holen die Kartons.“

Er verschwindet mit Jörg in der Höhle. Kurze Zeit später reicht er Bruno einen Karton nach dem anderen zu. Das kleine Ruderboot sinkt mit jedem weiteren Karton etwas tiefer ein. Fünfmal rudern Bruno und Jörg vollbeladen zur *POSEIDON* hinüber, um die Ware umzuladen.

Als sie zum sechstenmal vor der Höhle anlegen, ruft der Bärtige ihnen zu: „So, das ist die letzte Fuhre!“

Im selben Moment halten wir erschrocken den Atem an. Unter Heikos Arm bröckeln einige Stücke des brüchigen Buntsandsteins ab und fallen Bruno, der unter uns im Boot steht, auf den Kopf. Er erschrickt so, daß er beinahe den Karton fallen läßt, den Jörg ihm zureicht.

„Paß doch auf!“ schnauzt Jörg ihn an.

„Jemand wirft hier mit Steinen!“ ruft Bruno.

Obwohl wir rasch unsere Köpfe zurückziehen, können wir uns vorstellen, daß er jetzt argwöhnisch die Felswände mustert.

„Unsinn“, hören wir die Stimme des Vollbärtigen. „Bei starkem Wind lösen sich ab und zu einige Steine.“

*Der Bärtige verschwindet in der Höhle. Kurze Zeit später reicht er einen Karton nach dem anderen heraus*

Wir wollen gerade erleichtert aufatmen, als Bruno mißtrauisch knurrt: „Aber es ist ja beinahe windstill.“

„Ich seh mal nach, damit du beruhigt bist“, meint Jörg. Und zu unserem Entsetzen klettert er die Rinne hinauf.

Noch drei Schritte, und er muß uns unweigerlich entdecken. Wir sitzen hier auf dem Plateau wie die Maus in der Falle.

Da reißt sich Bandit, den ich mit einer Hand am Nackenfell festhalte, plötzlich los und faucht den Typen mutig an.

Der Kerl hält inne und lacht erleichtert. „Es ist nur eine Katze! Die Viecher stromern auch überall herum. Los, wir machen jetzt 'ne Fliege.“

Sie stoßen ihr Boot vom Felsen ab. Das Geräusch der Ruderschläge wird immer schwächer. Auf einmal hören wir das Tukkern eines Motors, und dann entfernen sich die Positionslichter der *POSEIDON* immer mehr.

Erst jetzt wagen wir es, uns zu erheben.

„Bandit, du bist doch ein schlauer Kater“, lobt Bastian ihn. „Wenn du nicht im richtigen Moment gefaucht hättest, hätte der Kerl uns glatt entdeckt.“

Was dann passiert wäre, wollen wir uns lieber nicht ausmalen. Heike und ich schaudern, als wir nur daran denken.

„Wartet hier“, befiehlt Bastian. „Heiko und ich klettern in die Höhle und sehen nach, ob sie das Versteck ganz ausgeräumt haben.“

Heike und mir ist das recht. Wir verspüren nicht das geringste Verlangen, in die dunkle, schaurige Höhle hinabzusteigen.

Es dauert nicht lange, da sehen wir die Taschenlampen der Jungen wieder aufblitzen.

„Das Nest ist leer“, berichtet Heiko. „Alle Kartons sind verschwunden.

Bastian kratzt sich nachdenklich am Kopf. „Sabine, ich glaube, jetzt bleibt uns nichts anderes übrig, als deinen Vater einzuweihen. Die Schmuggler machen sich sonst mit dem Schnaps aus dem Staub und bringen ihn irgendwo an die Küste.“

„Ja." Ich nicke. „Hoffentlich kann Papa sie mit dem Zollschiff heimlich verfolgen."

„Beeilung", drängt Bastian, „sonst sind sie verschwunden, bevor wir überhaupt am Zollkreuzer angelangt sind."

Wir klettern die steile Rinne empor und laufen querfeldein zu den Häusern. Zum Glück sind die Straßen menschenleer, sonst hätten uns die Leute bestimmt verwundert nachgeschaut, wie wir, wie vom Affen gebissen, die Treppenstufen zum Unterland hinunterflitzen und zum Hafen rasen.

Bastian, der mit seinen langen Beinen natürlich der erste ist, bleibt plötzlich stehen und hebt den Arm. „Seht mal", ruft er verwundert, „da kommt ein Boot!"

Zu unserer Überraschung biegt tatsächlich ein Boot um den Molenkopf.

„Das ist die *POSEIDON*." Heiko vergißt vor Verblüffung, seinen Mund wieder zuzuklappen.

„Das gibt's doch nicht", staune ich ungläubig.

Aber kein Zweifel ist möglich. Es ist wirklich die *POSEIDON*, die brav am Steg anlegt, als könnte sie kein Wässerchen trüben. Eine Gestalt mit einem Vollbart springt an Land und verschwindet in der Dunkelheit. Zu unserer Verwunderung legt die *POSEIDON* nicht etwa ab, sondern die drei Männer verziehen sich unter Deck, und nach einigen Minuten erlischt das Licht hinter den Bullaugen.

„Nanu?" wundert sich Heike. „Ich denke, die wollen die Kartons mit den Schnapsflaschen an Land schmuggeln."

„Jetzt verstehe ich gar nichts mehr!" ruft Heiko verwirrt.

„Vielleicht haben sie es sich anders überlegt", meint Bastian kopfschüttelnd. „Was machen wir jetzt? Sollen wir trotzdem deinem Vater von unserer Beobachtung erzählen, Sabine?"

„Solange die Jacht hier im Hafen liegt, kann Papa sowieso nicht eingreifen", sage ich nachdenklich. „Jeder kann ja so viele Waren kaufen, wie er will. Nur wenn er sie unverzollt irgendwo heimlich an Land bringt, kann mein Vater ihn schnappen."

Ich kaue unschlüssig an meiner Unterlippe. Schließlich ringe ich mich zu einem Entschluß durch. „Die laufen heute nicht mehr aus, also brauchen wir meinem Vater vor morgen früh nichts erzählen. Sonst regt er sich nur unnötig auf, weil wir heimlich an Land gegangen sind."

Die Freunde stimmen mir zu. Sie verspüren ebenfalls wenig Lust dazu, sich die Vorwürfe meines Vaters anzuhören. Und die bleiben bestimmt nicht aus, wenn wir ihm erzählen, in was für gefährliche Dinge wir uns wieder mal eingelassen haben.

„Okay", sagt Bastian, „verschieben wir das Unangenehme auf morgen. Am besten, wir machen es jetzt den drei Typen nach und hauen uns auch in die Koje." Er gähnt laut.

Erst jetzt merken wir, daß wir todmüde sind und uns kaum noch auf den Beinen halten können. Wir stolpern über die Pier zum Zollkreuzer. Die Lichter hinter den Fenstern sind erloschen, sogar hinter dem Bullauge unserer Kabine gähnt schwarze Finsternis. Heiko wirft ein Steinchen nach dem anderen dagegen, aber weder Su noch Flo reagieren darauf. Es bleibt alles dunkel.

„Mist", knurrt Heiko verärgert, „die pennen wie die Murmeltiere."

Wir kauern im Schatten eines Lagerschuppens und zittern trotz unserer dicken Jacken vor Kälte. Der Wind hat merklich aufgefrischt.

„Pst", warnt Heike plötzlich. „Da kommen zwei Gestalten über die Pier."

Vorsichtshalber ziehen wir uns noch tiefer in den Schatten zurück. Im Schein der Hafenlaterne erkennen wir Nils und Björn, die von ihrem Landgang zurückkehren.

Als sie über die Planke an Bord gehen, öffnet Fiete, der gerade Wache hat, die Steuerhaustür. „Björn, du kannst mich gleich ablösen. Meine Wache ist um."

„Okay."

Fiete macht Licht im Steuerhaus. Wenige Sekunden später

taucht Björn neben ihm auf und unterhält sich angeregt mit ihm.

Die Gelegenheit ist günstig. Ich drücke Bandit fest an mich und husche hinter den Freunden her an Deck. Ohne uns lange zu besinnen, schleichen wir durch den Gang und fliegen beinahe den Niedergang hinunter zu unseren Kabinen.

Su hat sich tief in ihren Schlafsack gekuschelt. Nur ihre Stupsnase und ihre rotblonden Zöpfe schauen hervor, und Flo liegt zusammengerollt wie ein Igel in Heikes Koje. Die beiden wachen nicht einmal auf, als wir hereinkommen.

„Weck Flo nicht auf, Sabine", sagt Heike zu mir, als ich mich über ihn beuge, um ihn an den Schultern zu schütteln. „Ich schlafe bei Heiko und Bastian auf der Couch."

„Aber die Bank ist zu kurz für dich", wende ich ein.

„Das macht nichts", erwidert Heike und gähnt. „Ich schlafe sowieso nie mit ausgestreckten Beinen."

Sie verschwindet mit den Jungen in der gegenüberliegenden Kabine. Ich stelle Bandit noch ein Schälchen mit Wasser und eins mit Katzenkeksen hin. Über die Kekse fällt er gleich so gierig her, als wäre er am Verhungern.

Stöhnend klettere ich in die obere Koje, krieche in meinen Schlafsack und knipse das Licht aus. Eine Weile lausche ich noch auf das Knacken, das Bandit verursacht, wenn er die Kekse zerbeißt, und auf die Wellen, die leise gegen die Bordwand plätschern. Und dann bin ich auch schon eingeschlafen.

## In der Klemme

„Rise, rise!" Wie aus unendlich weiter Ferne dringt der Ruf an meine Ohren. Wir sollen also aufstehen! Schlaftrunken richte ich mich auf.

„Rise, rise!" ertönt es jetzt lauter. Gleichzeitig klopft jemand kräftig an die Kabinentür.

Es dauert eine Weile, bis mir klar wird, daß das mein Vater ist, der von Kabine zu Kabine geht und mit diesem alten Seemannsruf seine Leute weckt.

Ich schwinge die Beine über den Kojenrand und schüttle Su und Flo an den Schultern. Gähnend reiben sie sich die Augen.

„He, Sabine, ihr seid ja schon wieder da!“ ruft Su ganz verdutzt.

„Schon ist gut.“ Ich kichere. „Wenn wir uns auf euch verlassen hätten, würden wir wohl noch immer draußen auf der Pier stehen.“

„Oje.“ Verlegen fährt Flo mit beiden Händen durch seine zerzausten Locken. „Ich glaube, wir sind eingeschlafen.“

„Ihr habt so fest gepennt, daß ihr nicht mal aufgewacht seid, als Heiko Steine gegen das Bullauge geworfen hat.“

„Habt ihr Bandit gefunden?“ Su blickt besorgt in der Kabine umher.

Bevor ich antworten kann, springt der Kater zu ihr auf die Couch und maunzt laut.

„O Bandit“, ruft Su selig, „da bist du ja wieder!“

Sie preßt ihn so ungestüm an sich, daß Bandit sich ganz dünn macht und rasch wieder aus ihren Armen schlüpft. Er mag es nicht, wenn man ihn so fest drückt.

Ich mache Katzenwäsche, schlüpfe rasch in eine saubere Jeans, ziehe einen warmen Pullover über, öffne die Kabinentür und pralle auf dem Gang mit Heiko zusammen, der im selben Augenblick aus der gegenüberliegenden Tür stürzt.

„Au.“ Er reibt seine schmerzende Stirn. „Mensch, hast du es eilig, Sabine! Kommst du mit Brötchen holen?“

„Klar.“

Fiete deckt bereits in der Messe den Frühstückstisch. Er gibt uns Geld für die Brötchen.

Als wir an Deck kommen, schaudern wir zusammen. Ui, ist das kalt! Über dem Hafen und dem Meer schweben dichte Nebelschleier. Wir veranstalten einen Wettlauf, um warm zu werden. Im Bäckerladen duftet es verlockend nach frischen Brötchen und Kuchen.

„Vierzig Brötchen, bitte", sagt Heiko und legt den Geldschein, den Fiete ihm gegeben hat, auf die Ladentheke.

Die Verkäuferin nickt. „Vier Brötchen."

„Nicht vier, sondern vierzig Brötchen", wiederholt Heiko ungehalten.

„Sagtest du vierzig?" Die Verkäuferin blickt uns ungläubig an. „Stimmt das auch?"

„Ja!" rufe ich ungeduldig.

„Wir sind 'ne große Familie", fügt Heiko grinsend hinzu.

Die Verkäuferin reicht uns zwei prallgefüllte Tüten über den Ladentisch und gibt uns das Wechselgeld heraus.

Als wir an den bunten Fischerhäuschen vorüberlaufen, zieht Heiko mich plötzlich hinter eine der Hütten. „Die Typen von der *POSEIDON* sind im Anmarsch!"

Neugierig luge ich um die Budenecke. Heiko hat richtig gesehen. Der Skipper mit dem Seehundsbart und Jörg mit der Warze tauchen aus dem Nebel auf und stapfen dicht an uns vorüber. Einige Schritte hinter ihnen schlurft Bruno.

Plötzlich dreht sich der Skipper um und ruft ihm zu: „Beeilung, Bruno, der Kaffee wird kalt!"

„Ist ja super von deinem Vetter, daß er uns alle zum Frühstück eingeladen hat", brummt Jörg.

„Schließlich macht er ja auch ein Bombengeschäft durch uns", knurrt der Skipper.

Heiko und ich blicken uns an. Wir denken beide dasselbe.

„Mensch", Heiko schnauft erregt, „wenn die jetzt gemütlich frühstücken gehen, wäre das doch eine günstige Gelegenheit, sich mal in Ruhe auf der *POSEIDON* umzusehen, ob die Schnapsflaschen an Bord sind!"

Ich zögere unentschlossen. Vielleicht sollten wir doch lieber sofort zum Zollkreuzer laufen und meinem Vater endlich von unserem gestrigen Abenteuer erzählen? Er weiß bestimmt, was zu tun ist.

Aber dann können wir es doch nicht lassen, schnell einen kurzen Abstecher zum Jachthafen zu machen, wo die *POSEIDON* einsam und verlassen am Steg schaukelt.

„Warte hier und halte Ausschau, Sabine", flüstert Heiko mir zu.

Damit klettert er auf das Segelboot und öffnet dreist die Kajütentür, die zu meiner Überraschung unverschlossen ist. Die drei haben nicht damit gerechnet, daß jemand so unverfroren sein könnte, auf einem fremden Boot herumzuschnüffeln.

Als ich so allein auf dem Steg stehe und ängstlich nach allen Seiten Ausschau halte, klopft mein Herz doch schneller. Heiko läßt sich überhaupt nicht mehr blicken. Ein wenig aus Sorge um ihn und auch aus Neugierde, ob er die Schnapsflaschen auf der Jacht entdeckt hat, verlasse ich meinen Wachposten und klettere mit den Brötchentüten unter beiden Armen in die Plicht.

Hastig steige ich die Stufen in den Salon hinunter. Auf einer der Kojen, die tagsüber als Sitzbänke genutzt werden, liegt noch Bettzeug. Achtern entdecke ich eine Kabine mit zwei Kojen, auf denen ebenfalls Bettzeug liegt. Heiko ist nirgends zu sehen.

„Heiko, wo bist du?" rufe ich ein wenig nervös. So ganz geheuer ist es mir auf dem fremden Boot nicht.

„Hier vorn, in der Bugkabine." Heiko steckt seinen Kopf durch die Tür. „Komm schnell her, Sabine, das mußt du gesehen haben!"

Ich vergesse alle Vorsicht, zwänge mich zwischen Tisch und Bank hindurch und blicke in die Bugkabine. Hier vorn, wo der Bug des Schiffes spitz zuläuft, befinden sich noch zwei Kojen, die unbenutzt sind. Heiko hebt die beiden Matratzen hoch und sieht mich gespannt an. Sprachlos starre ich auf die vielen Rum- und Whiskyflaschen, die sich darunter verbergen.

„Sämtliche Stauräume sind mit Flaschen vollgestopft“, meint Heiko mit zufriedener Miene. „Jetzt wissen wir genau, daß die drei Typen irgendein krummes Ding vorhaben.“

„Mensch, Heiko“, sage ich aufgeregt, „das müssen wir sofort meinem Vater berichten, damit er der *POSEIDON* mit dem Zollkreuzer heimlich folgen kann, wenn sie nachher den Hafen verläßt.“

Ich haste durch den Salon und will gerade die Stufen hinaufsteigen, als ich zu meinem Entsetzen den Skipper mit Jörg und Bruno die Pier entlangschlendern sehe. Noch drei Schritte, und sie springen auf den Steg, an dem die *POSEIDON* liegt.

Mit einem Satz bin ich wieder unten im Salon.

„Heiko, die drei kommen gerade zurück“, stammle ich erschrocken. „Wir können nicht mehr von Bord, ohne daß sie uns sehen!“

Heiko faßt mich kurz entschlossen am Arm und zieht mich zur Bugkabine. Wir schließen mit zitternden Fingern die Tür und kauern uns auf den Matrazen nieder.

„Die bleiben bestimmt nicht lange an Bord“, versucht Heiko mich und sich selbst zu beruhigen. „Wetten, daß die nachher wieder an Land gehen?“

Aber mir ist nicht nach Wetten zumute. Angstvoll lausche ich auf die Geräusche an Deck. Warum trappeln die drei so lange über unseren Köpfen herum? Ein Segel schlägt hin und her, und etwas klatscht neben uns ins Wasser. Plötzlich wissen Heiko und ich, was das zu bedeuten hat! Wir starren uns entsetzt an.

„Sie legen ab“, stammelt Heiko entgeistert.

„Ich will hier raus“, jammere ich und fasse nach dem Türknopf.

Heiko hält meinen Arm fest. „Bist du verrückt, Sabine!“ zischt er. „Wir können doch jetzt nicht raus.“

Die *POSEIDON* kommt in Bewegung. Sie schüttelt sich unwillig, und dann hebt und senkt sich ihr Bug im Takt der anrol-



8 4046-8

*„Sie legen ab",*
*stammelt Heiko entgeistert*

lenden Wellen. Heiko stellt sich auf die Koje und preßt sein Gesicht an das kleine Oberlicht.

„Wir fahren gerade am Zollkreuzer vorbei“, meldet er, als sich die *POSEIDON* einmal heftig auf die Seite legt.

Am liebsten würde ich heulen. Nicht einmal hundert Meter von uns entfernt befindet sich mein Vater und hat nicht die geringste Ahnung, daß wir hier auf dem Schmugglerboot sind. Vielleicht steht er gerade mit Bastian und Heike im Steuerhaus und sieht die *POSEIDON* vorübergleiten.

Als ich an Bastian und Heike denke, schöpfe ich wieder ein wenig Hoffnung. Sie werden die *POSEIDON* bestimmt nicht vorüberfahren lassen, ohne meinem Vater zu erzählen, was es mit dem Boot für eine Bewandtnis hat.

„Ob wir jemals wieder heil hier rauskommen, Heiko?“ frage ich bange.

Heiko, dem die Sache auch nicht ganz geheuer ist, versucht mich zu trösten. „Irgendwann werden die Leute auf dem Zollkreuzer ja wohl merken, daß was faul ist, wenn wir vom Brötchenholen nicht mehr zurückkommen. Heike und Bastian haben deinen Vater bestimmt schon auf die *POSEIDON* aufmerksam gemacht.“

„Hoffentlich“, jammere ich.

„Klar“, meint Heiko zuversichtlich. „Sollst mal sehen, es dauert keine fünf Minuten, und der Zollkreuzer geht an der *POSEIDON* längsseits.“

Aber die fünf Minuten verstreichen, ohne daß irgend etwas geschieht. Als die *POSEIDON* nach einer halben Stunde immer noch ungehindert dahinsegelt, zieht sich auch Heikos Gesicht beträchtlich in die Länge.

„Wo bleibt denn nur der Zollkreuzer so lange?“ rufe ich ungeduldig.

Plötzlich durchfährt mich ein jäher Schreck. Vielleicht haben Bastian und Heike noch gar nicht gemerkt, daß die *POSEIDON* ausgelaufen ist? Bestimmt suchen uns alle auf der Insel, und kein Mensch kommt auf die Idee, daß wir mitten auf der Nordsee schwimmen!

„Heike und Bastian sind doch nicht blöd", meint Heiko, dem ich meine Zweifel mitteile. „Die können doch eins und eins zusammenzählen. Wir müssen eben noch ein wenig aushalten. Verhungern können wir jedenfalls nicht." Er deutet zufrieden auf die beiden Riesentüten und angelt sich doch tatsächlich ein Brötchen heraus.

„Also daß du jetzt was essen kannst", wundere ich mich. „Ich brächte keinen Bissen hinunter, so eine Angst habe ich."

Heiko zuckt die Schultern. „Wenn ich verhungere, nutzt uns das auch nichts."

Als er sein Brötchen aufgemampft hat, brummt er: „Sabine, ich schleiche jetzt in den Salon und halte mal nach dem Zollkreuzer Ausschau. Durch das kleine Oberlicht hier kann man ja nur ein Stück vom Segel sehen."

Jetzt bin ich es, die ihn zurückhält. „Das ist viel zu gefährlich, Heiko."

„Ach was, die Schmuggler hocken doch alle in der Plicht."

Er öffnet die Tür vorsichtig einen Spaltbreit und späht hindurch. Rasch läßt er sich auf Hände und Füße nieder, krabbelt zur Sitzbank, steigt hinauf und preßt sein Gesicht gegen das Bullauge.

„Hast du was gesehen?" flüstere ich gespannt, als er wieder neben mir auf der Matratze kauert.

Heiko schüttelt betrübt den Kopf. „Nichts als Wasser. Und ganz hinten am Horizont einen Fischkutter. Helgoland ist überhaupt nicht mehr in Sicht."

Er ist jetzt genauso niedergeschlagen wie ich.

„Mensch, Heiko, wohin segeln die drei?"

Heiko zieht die Nase kraus. „Vielleicht nach Dänemark oder Norwegen oder Schweden", meint er düster. „In diesen Ländern ist Alkohol sehr teuer. Da können die Schmuggler gute Geschäfte machen."

„Ich will aber nicht nach Dänemark", schreie ich beinahe, „ich will zurück nach Diekhusen."

„Flipp jetzt bloß nicht aus, Sabine", warnt Heiko.

Auf einmal halten wir den Atem an und lauschen gespannt. Irgendwas tut sich an Deck. Das Segel schlägt knatternd hin und her, und wir hören den Skipper brüllen: „Segel fieren!"

Das Wasser rauscht nicht mehr so schnell am Bug entlang. Die *POSEIDON* verlangsamt ihre Fahrt. An der Bordwand ertönt ein schabendes Geräusch, als wenn sich ein Schiffsleib an einem anderen reibt.

„Heiko, der Zollkreuzer ist da." Schon will ich Heiko jubelnd um den Hals fallen, als er mir plötzlich die Hand auf den Mund legt.

„Pst, sei doch mal still. Das sind niemals die Männer vom Zollkreuzer."

Ich verstumme erschreckt.

„Da seid ihr ja endlich", höre ich eine heisere, mir unbekannte Stimme, die einen komischen Akzent hat. „Ist alles okay?"

„Bestens", antwortet der Skipper. „Los, schnell rüber mit der Ware. Je eher wir fertig sind, desto besser."

Heiko und ich starren uns entsetzt an.

„Das muß der Fischkutter sein, den ich vorhin gesehen habe", ruft Heiko entgeistert. „Mensch, Sabine, die haben sich hier einen Treffpunkt ausgemacht! Die *POSEIDON* bringt die Schnapsflaschen gar nicht irgendwo an Land, wie wir gedacht haben, sondern übergibt sie einem dänischen Fischerboot."

„Aber Heiko", sage ich erschrocken, „wenn die Männer jetzt die Flaschen umladen, dann entdecken sie uns doch!"

Ich gerate in Panik und klammere mich unwillkürlich an Heikos Jacke fest, als ich Schritte im Salon höre. Die Tür wird jäh aufgerissen, und Jörg steckt seinen Kopf mit der häßlichen Warze am Kinn herein.

Einige Augenblicke starrt er uns belämmert an. Jedenfalls ist er genauso geschockt wie wir.

„He, was ist das denn?“ stammelt er schließlich verdattert.

„Was gibt's?“ brummt Bruno hinter ihm.

„Wir haben zwei blinde Passagiere!“ kreischt Jörg jetzt mit einer Stimme, die nichts Gutes verheißt.

„Quatsch, du hast wohl letzte Nacht zu tief ins Glas geguckt.“

Bruno schiebt ihn unwirsch beiseite. Die Augen fallen ihm beinahe aus dem Kopf, als er uns sieht.

„Verdammt, Skipper, komm mal her!“ ruft er. „Hier sind zwei alte Bekannte.“

Mit seinem zerzausten Seehundsbart und seinem vor Wut rot angelaufenen Gesicht sieht der Skipper wirklich zum Fürchten aus.

„Was habt *ihr* denn hier zu suchen?“ schnauzt er uns an. „Habt ihr etwa hier rumgeschnüffelt?“

„Mensch, Skipper“, ruft Jörg entsetzt, „die beiden sind doch vom Zollkreuzer! Wenn die hier an Bord sind, ist die *HAMBURG* bestimmt auch in der Nähe.“

„Verflixt, du hast recht.“ Zu unserer Verwunderung knallt uns der Skipper die Tür vor der Nase zu und hechtet an Deck.

Wir spitzen gespannt die Ohren. Irgend etwas geht da draußen vor, das spüren wir. Plötzlich hören wir Motorenlärm. Ein drittes Schiff nähert sich.

Einige Minuten bangen Wartens vergehen, dann stöhnen Heiko und ich erleichtert auf – wir hören Herrn Wegeners Stimme über uns an Deck! „Sabine, Heiko, seid ihr an Bord?“

„Ja!“ schreien wir wie von Sinnen. Jetzt gibt es kein Halten mehr. Wir stürzen durch den Salon, die Stufen hinauf an Deck und fallen Herrn Wegener erleichtert schluchzend in die Arme.

„Ihr macht vielleicht Sachen, ihr zwei“, sagt er gerührt. „Seid ihr okay?“

Wir nicken und deuten auf den dänischen Fischkutter, der neben der *POSEIDON* liegt. „Die Typen hier wollten gerade jede Menge Schnapsflaschen an den Fischkutter übergeben“, sprudeln wir aufgeregt hervor.

Die Besatzung des Fischkutters, die aus drei finster dreinblickenden Gestalten besteht, und die drei Schmuggler von der *POSEIDON* müssen wütend mit ansehen, wie wir zu Björn in die *JAN CUX*, das unsinkbare Tochterboot der *HAMBURG*, klettern, während jeweils zwei Zollbeamte auf der *POSEIDON* und auf dem Fischerboot zurückbleiben; sie halten über Sprechfunk mit meinem Vater auf der *HAMBURG* Kontakt.

Heiko und ich atmen erlöst auf, als Björn Kurs auf den Zollkreuzer nimmt, der in der Nähe wartet. Das war Rettung in letzter Sekunde! Ich mag gar nicht daran denken, was der Skipper und seine beiden Komplizen mit uns angestellt hätten, wenn der Zollkreuzer nicht rechtzeitig zur Stelle gewesen wäre. Ob sie uns einfach über Bord geworfen hätten? Mir läuft noch nachträglich eine Gänsehaut den Rücken hinunter.

Schon von weitem erkennen wir Heike, Bastian, Flo und Su, die sich weit über die Reling beugen. Mein Vater macht zwar ein ernstes Gesicht, aber er drückt Heiko und mich doch fest an sich, als wir ein wenig kleinlaut aus dem Tochterboot klettern. Er ist froh, daß wir unversehrt wieder bei ihm an Bord sind.

„Da haben wir ja einen doppelten Fang gemacht", sagt Björn zu meinem Vater. „Die Jacht ist mit Rum- und Whiskyflaschen nur so vollgestopft. Kein Wunder, daß sie so tief im Wasser liegt. Wir haben die Brüder im richtigen Moment erwischt. Gerade wollten sie die Waren übergeben. Außerdem hat die Besatzung des Fischkutters mit zu engmaschigen Netzen gefischt. Das ist verboten, weil dadurch zu viele Jungfische gefangen werden und der Bestand gefährdet ist."

„Was geschieht denn jetzt mit dem Fischkutter?" fragt Bastian gespannt.

„Zwei von unseren Leuten bleiben an Bord und bringen ihn nach Cuxhaven, wo den Kapitän zunächst einmal eine Geldstrafe erwartet. Außerdem wird der Fang beschlagnahmt."

„Und was geschieht mit dem Schmugglerboot?" will Su von Papa wissen.

„Das nehmen wir ebenfalls an die Kette und bringen es nach Cuxhaven. Hört mal, ihr sechs, warum habt ihr mich nicht eher ins Vertrauen gezogen? Dann hätten sich Sabine und Heiko die schlimmen Stunden auf der *POSEIDON* ersparen können."

„Du hast ja recht, Papa", gebe ich kleinlaut zu. „Aber dann wäre auch herausgekommen, daß wir Husch und Bandit heimlich an Bord geschmuggelt haben. Du wärst bestimmt sauer gewesen, und deshalb haben wir uns nicht getraut, dir die Sache zu erzählen. Aber die Stunden auf dem Schmugglerboot waren wirklich schrecklich, nicht wahr, Heiko?"

„Und ob!" Heiko stöhnt und rollt wild mit den Augen.

„Ein Glück, daß ich nicht dabei war", sagt Flo und hält verstohlen nach dem Schmugglerboot Ausschau.

„Was höre ich da? Der Hamster und der Kater befinden sich hier an Bord, ohne daß wir etwas davon gemerkt haben?" Mein Vater reißt verwundert die Augen auf.

Wir nicken zerknirscht.

„Ihr seid mir doch eine schlimme Bande!" wettert Papa. Aber er meint es nicht so, denn er muß dabei lachen.

Fiete steckt seinen Kopf ins Steuerhaus. „Können wir jetzt endlich frühstücken?" ruft er mit ungnädiger Stimme.

Er sieht Heiko und mich vorwurfsvoll an. „Also, euch schikke ich bestimmt nie wieder zum Brötchenholen."

„Ach, herrje, die Brötchen", stottern Heiko und ich erschrokken. „Die liegen noch in der Bugkabine auf der Schmugglerjacht."

## Bandit auf Abwegen

„Der Bananensand taucht wieder auf!" rufen Heiko und Bastian fast gleichzeitig.

Inzwischen sind wir in Cuxhaven mit Sack und Pack auf die

gute, alte *GLÜCKSTADT* umgestiegen und drängen uns in dem kleinen Ruderhaus. Heiko steht natürlich wieder mit ernstem Gesichtsausdruck hinter dem Ruder. Su nimmt den Stöpsel vom Sprachrohr, das in den Maschinenraum hinunterführt, und ruft: „Flo, komm rauf, wir sind gleich in Diekhusen!"

Sekunden später erscheint Flos erhitztes Gesicht neben uns an der Reling. Gespannt halten wir Ausschau. Schon können wir die rote Leuchttonne an der Nordspitze des Bananensandes deutlich erkennen. Backbord taucht der kleine Hafen von Diekhusen auf. Davor erstreckt sich der lange, schmale Sandstreifen mit den Weiden, hinter denen der Deich langsam ansteigt. Über die Deichkrone lugen die Dächer der neun Häuser von Diekhusen.

Wir atmen unwillkürlich schneller. Genauso wie uns jetzt, so muß es Seefahrern zumute sein, wenn sie nach wochen- oder monatelanger Abwesenheit wieder die Elbe aufwärts fahren. Dabei waren wir nur zwei Tage fort. . .

Sogar Bandit spürt, daß er bald wieder zu Hause ist, und läuft aufgeregt maunzend zwischen unseren Beinen herum.

„Uff", stößt Flo erfreut hervor. „Ich kann die große Weide sehen."

„Ob unser Ausguck noch steht?" fragt Su bange.

„Na klar", beruhigt Heriko sie. Und dann reißt er, wie wir auch, vor ungläubigem Erstaunen die Augen weit auf.

Auf der Mole hat sich eine kleine Menschenmenge zu unserer Ankunft versammelt. Heikes und Heikos Eltern, Flos Vater, meine Mutter und Kuddel winken uns aufgeregt zu. Flos kleine Zwillingsschwestern sausen ausgelassen auf ihren kurzen, krummen Beinen umher, so daß die Mutter Mühe hat, sie wieder einzufangen, damit sie nicht ins Wasser fallen. Sogar Tante Almut erscheint auf dem Steg, der ins Café hinüberführt, und läuft mit flatterndem Rock den Deich hinunter.

Kaum hat die *GLÜCKSTADT* angelegt, da hechtet Bandit mit einem wahren Panthersprung an Land und rast wild die

Mole entlang, so freut er sich, endlich wieder in Diekhusen zu sein. Wir springen ebenfalls an Land, direkt in die Arme unserer Mütter.

Und sofort prasseln die Fragen auf uns los.

„Wie war's denn? Seid ihr auch nicht seekrank geworden?"

„Wir doch nicht", prahlt Su und reckt ihre kleine Stupsnase in die Höhe. „Wir haben richtige Seemannsbeine."

Meine kleine Schwester flunkert wieder einmal, ohne rot zu werden.

„Woher wußtet ihr denn, daß wir um diese Zeit hier ankommen würden?" wundert sich Bastian.

„Haha", lacht seine Mutter verschmitzt. „Du hast wohl ganz vergessen, daß es auf dem Zollkreuzer eine Funkanlage gibt."

Bastian beißt sich verärgert auf die Lippen, weil er daran nicht selbst gedacht hat. Natürlich, mein Vater hat einfach in Diekhusen angerufen und den Eltern die Ankunftszeit mitgeteilt.

„Kuddel, wir haben dir etwas mitgebracht!" kräht Su.

Kuddel bedankt sich erfreut, als Papa ihm die Flasche Rum überreicht.

Nachdem unser Gepäck neben uns auf der Mole steht, verabschieden wir uns von den Zollbeamten. Mein Vater bleibt an Bord. Er will noch einige Schreibarbeiten erledigen, während der Zollkreuzer zu seinem Heimathafen nach Glückstadt zurückfährt. Später wird er mit dem Auto nach Hause kommen.

Wir winken dem grünen Boot mit den weißen Aufbauten so lange nach, bis es immer kleiner wird und schließlich ganz hinter der Flußbiegung verschwindet.

„Wo ist denn Bandit?" rufe ich besorgt, als ich mich wieder umwende. Weit und breit ist kein schwarzer Kater zu sehen.

„Bandit hat die Nase von Schiffen gestrichen voll." Heike grinst. „Ihm geht es so wie Husch; der freut sich bestimmt auch wieder auf seinen geräumigen Käfig." Zärtlich streichelt sie über das rotbraune Fell des kleinen Hamsters, der neugierig aus ihrem Halsausschnitt lugt.

„Kommt mit ins Café", fordert Tante Almut uns auf. „Ich habe eine Erdbeertorte mit viel Schlagsahne für euch bereitstehen. Bei Kaffee und Kuchen erzählt es sich leichter als hier im kalten Wind am Hafen."

Das lassen wir uns natürlich nicht zweimal sagen. Während Heike und Heiko ihr Gepäck gleich in das Arbeitsboot ihres Vaters werfen, wandern wir anderen, beladen mit Taschen und Schlafsäcken, den Deich hinauf.

Im Café rücken Bauer Hansen und Flos Vater zwei große Tische zusammen, damit wir alle Platz finden. Erwartungsvoll lassen wir uns nieder.

„Dieses Mal brauchten wir ja keine Angst um euch zu haben, Florian", sagt seine Mutter aufatmend. „Auf dem Zollkreuzer wart ihr ja in sicherer Obhut."

„Ja." Die kleine, rundliche Frau Hansen nickt zustimmend. „Diesmal wurdet ihr wenigstens in kein gefährliches Abenteuer verwickelt."

„Habt ihr 'ne Ahnung", denken wir und zwinkern uns kichernd zu.

Dann wird unsere Aufmerksamkeit voll und ganz von der Riesenerdbeertorte in Anspruch genommen, die Tante Almut eben vor uns auf den Tisch stellt.

Meine Mutter, die die Sahneschüssel vom Kuchenbüfett holen will, stößt plötzlich einen lauten Schrei aus und ruft: „Du verflixter Kater!"

Als wir hochschauen, sehen wir Bandit hastig vom Büfett springen. Er flüchtet unter einen der Tische, wo er sich behaglich die Sahnereste von den Schnurrhaaren leckt.

„Kaum ist der Kater wieder hier, muß man alle Schüsseln unter Verschluß halten", jammert Mama. „War das eine herrliche Zeit, als er zur See fuhr", fügt sie lachend hinzu.

„Bandit nascht nun mal gern", nehme ich meinen Kater in

Schutz. „Die Torte schmeckt auch ohne Sahne super.“

Das finden die anderen auch, denn die Riesentorte verschwindet im Handumdrehen. Für Husch, der zur Feier des Tages einmal über den Tisch laufen darf, bleiben nur noch ein paar kümmerliche Krümel übrig, die er rasch in seine Backentaschen stopft.

Heiko lehnt sich behaglich zurück und faltet die Hände über seinem vollen Bauch. „Auf der *HAMBURG* war es super! Trotzdem freue ich mich schon wieder auf unser Segelboot. Kuddel, was sagt deine große Zehe? Bleibt das Wetter in den nächsten Tagen noch schön?“

„Mindestens noch vier Tage bleibt es trocken“, versichert Kuddel ernsthaft.

„Toll!“ ruft Heiko und strahlt. „Alle mal herhören, ihr Acht vom großen Fluß! Wollen wir morgen eine Segeltour mit der *HAI* machen?“

„Na klar!“ rufen wir begeistert.

Nur Bandit sieht uns mißtrauisch von der Seite an und schleicht sich dann heimlich davon. Von Schiffen hat er vorläufig die Nase voll.

CIP-Titelaufnahme der Deutschen Bibliothek

**Kuhnke, Gabriele:**
Die Acht vom grossen Fluss / Gabriele Kuhnke. – München:
F. Schneider.

Bd. 9. Die geheimnisvolle Felsenhöhle. – 1989
ISBN 3-505-04046-0


8000 München 40 · Frankfurter Ring 150

Titelbild und Illustrationen: Gisela Könemund
Umschlaggestaltung nach der Konzeption von
Claudia Böhmer
Lektorat: René Rilz
Herstellung: Brigitte Matschl
Satz / Druck: Presse-Druck Augsburg
ISBN: 3 505 04046-0